幽明譚

中村邦生

幽明譚

水声社

目次

Ⅰ　水にさそわれて

1

運不運のみぎわ——柳橋

1

アタリマスヨウニ、アタリ、マス、ヨウニ。

白髪の女性が背を伸ばして、念仏のように唱え、朱色の封筒を白木の打出の小槌で二度、三度と撫でた。袋には「開運、招福、的中袋」と大きな文字が跳ねている。

客の選び取った券を特製の封筒に入れて幸運を祈願する。これが念を入れた下町風の宝くじの売り方なのか、と私は好奇心といくらか気恥ずかしい思いをいだきながら、ボックスの中のふくよかな媼《おうな》を覗きこんだ。

この日、浅草橋駅の東口の階段を下ると、正面に宝くじ売場のボックスが二つ並び、老紳士が客の呼びこみの最中だった。パジャマの柄によくある青い縞模様のブレザーに臙脂色《えんじいろ》のネクタイを締め、ソフト帽をかぶった恰好《かっこう》なのだが、時代劇に使われそうな油紙を張った古い番傘《ばんがさ》を両腕でかざしている。

私はそのちぐはぐな姿に心惹《ひ》かれた。何やら内田百閒《うちだひやっけん》の小説にでも現れそうな人物だった。百閒その人なら、なおのこと愉快だろう。浮世絵にあるような女物の傘を持たせて、永井荷風をここに呼んでもいいかもしれない。しかし、ここは百閒にしておきたい。

そんなとりとめのない気分が迫《せ》り上がって、私は久しぶりに宝くじを買うことにした。「夢をかなえる億万長者が五十名！」という百閒さんの声に後押しされ、束の中から迷わず選んだハロウィンジャンボ券の連番十枚とバラ二十枚。抽選日は十月三十日らしい。連番のほうが大きな賞金を期待できるものの、見れば最初に1の数字ばかり四つも並んでいる。早々と外れ券を買ってしまったようなものだ。それでも取り替えるのはいさぎよくない。すると、媼は笑みを浮かべながらおもむろに券の束を朱色の袋に入れ、アタリマスヨウニ……と、幸運を祈願しはじめたのだった。そのゆったりした仕草にこそ、吉事を引き寄せる秘密がありそうな気がした。あらゆる性急さは幸運を遠ざける。そんな思いがふくらみ、私は秘密を共有するつもりでボックスの中に向かって呟いた。

「一等が当たったら、一割差し上げますからね」

「はい、はい、楽しみにお待ちしております」

私の軽口に穏やかな声が応じた。すると番傘が近づいて、百閒さんが妙なことを口走った。

「二割とおっしゃったほうがいいのですよ。一等で一割みたいに、1という同じ数字を並べたりするとツキは逃げてしまうものなんです」

「そうなんですか」と私は答えたものの、たまたま選んだ券がすでに1を四つも揃えているのでは、どのみち同じことだった。しかし万一幸運がもたらされれば、分かち合うべきだろう、と殊勝な思いがよぎり歩合を上げた。

「じゃ、五割にしましょう」

「おっ、たいへんけっこう。それで大当たりです」

「では、楽しみにお待ちしています」

前と同じ穏やかな声が届いた。

百閒さんの呼び込みの声は続くが、客はほとんどいない。しかし、宝くじボックスの奥に座った老巫女《ろうみこ》の落ち着きはらった祈願の身振りが心を離れず、私は一億円の吉兆を信じたくなった。

台風二十一号が日本列島に近づいている日で、雨脚は強くないが上空には黒雲が疾走している。江戸通りを進み浅草橋から神田川を覗くと、隅田川から逆流する小波《さざなみ》がきらめいていた。川面を見ながら、連続的なものと非連続的なものとが、どのように人生の禍福《かふく》と絡み合っているのか、そんな思いが行き来した。よりによって不穏な天候の日、柳橋まで佃煮を買いに来たのも、何かの因縁かもしれない。

因縁という言葉で、古い記憶が引き出されてくる。

高校卒業後の二年ほどの放浪の時期、私は日本橋郵便局で働いていた。作業の機械化の進む以前のことで、書留郵便の宛名と受付番号をノートにひたすら書き写す単純作業だ。考古学を専攻するYという大学生が隣で同じ作業をしていたが、私の仕事が遅れがちのとき、未処理の封筒の束を自分の作業台に移して手助けしてくれるような人柄だった。しかも黙って恥じ入るように手を伸ばしてきた。ときどき吃音《きつおん》が出て、長めの説明を要するときなど、喋《しゃべ》りだす間際にいったん息を吸い、助走をつけて発話する。私もまたタ行を弱点とする軽い吃音が残っていたが、前のめりのせかせかした言い方で押し通していけば、何とか突破できる程度のものだった。

Yがせっぱつまった調子で、めずらしく強引に頼みごとをしてきたことがあった。ひそかに思いを寄せる女性が郵便局近くのベーカリーで働いていて、帰路の途中で恋文を届けてほしいというのだ。直接渡さなければ意味がないでしょうと断ったが、手紙を読んでもらえればすべて判るように書いてある、彼女の下車駅を知っているので、合図をしたら追いかけていって手渡してほしい、と。それだけでなく、すぐに読んでもらって返事を聞いてきてくれないかと引き下がらない。あまりにせっかちな手順が愚かしく思えて私は断った。第一、わざわざ住まいのある下車駅などで待ちかまえていたら、気味悪がられるだけではないか。いや違う、あの街に特別な縁を感じているからで、理由も書いてあるという。

それでも私が渋ると、Yは心動く暗示をかけてきた。キ、キューピッド役をやるとね、これからずっと、恋愛運がよくなるっていう言い伝えがあるの、し、知ってた？

恋しい女性の下車する駅がこの浅草橋だった。ただし江戸通り側ではなく、西口の三井記念病院に向かう出口のほうだ。彼女が人形問屋の三階に間借りしていることまでYは知っていた。姿が見えたとたんYは私の背中を押し、あわてて身を隠した。私は草原に初めて放たれた犬の気持ちが判る気がした。心細いけれど、好奇心で身は躍動する。私は子犬のように小走りでモスグリーンのジャケット姿を追い（本当はどんな服装だったか覚えていないのだが）、前に回りこんで声をかけた。いや、声をかけるなどという立派な振る舞いではない。Yよりも明らかに年上なのだが、涙粒が似合いそうな切れ長の美しい目に接したとたん、私は吃音が戻ってしまったのだ。彼女は警戒して身を引いたものの、ぎくしゃくした不器用な発話だからこそ無視し難く、私の言葉に耳を傾けざるを得なくなった。

これは預かった手紙で、すぐ読んで返事がほしいそうです、という趣旨のことを私はようやくの思いで伝えた。「ああ、コロッケサンドの方ね」と彼女は読みながら述べ、頬が紅潮していく。しかも「そう……、こんな偶然があるのね」と呟き、二度も読み返した。

予想とは逆の展開になりそうな気配に私は早くも驚いていた。彼女は手紙をバッグに入れながら、「わかりました、お待ちしますと伝えてください」と言った。

このとき、私の心の中の不連続なものが勝手に飛び出してきた。せっかちな勢いづいた言い方が、もはや吃音を押し退《の》けている。

「あの男、真面目すぎてつまらないですよ」

「えっ、どうして？」

「そういうもんです」

生真面目すぎる人間は、人生のすべてにケチだから、と答えようとしたが、もとより判断の根拠が曖昧で後が続かなかった。

駅の改札口の脇で、緊張で噛《か》みつきそうな表情の顔が私の返事を待っていた。

「な、なんて言ってた？」

「いつもコロッケサンドばかり、買っている人ねって」

「なに、そ、それだけ？」

「はい、それだけでした」

翌日からYはまた無口な男に戻り、私を無視したまま黙々と一週間ほど仕事をこなし、アルバイト先を変えることに決めた。最終日の帰り際、Yは柔らかな表情で私に挨拶《あいさつ》した。

「れ、例のこと、ありがとう。実は、もしかしたらと思って、待ち合わせの場所にいったんだ。あの人、や、やってきたよ」

「へー、そう、よかったじゃないですか」

真偽は判らないものの、疑わしい予感がした。私は胸苦しさを覚えた。Yに「ウソだよ」などと真実を言ってもらったら困る。労《いたわ》り方が判らない。とぼけて嘘を守ってくれるほうが気楽だ。

当時の私は何に苛立《いらだ》っていたのだろうか。

誰が言ったか忘れたが、こんな言葉を思い出す。

――他者への攻撃的な感情の源泉は、自分自身が無力で無能だという意識にある。憎悪の対象は他者ではなく、おのれの弱さなのだ。

こんな明解すぎる箴言《しんげん》でも呼び起こされる記憶は少なからずあるが、今とりたてて吟味する気分ではない。それでも、人生の来し方を眺めれば、あのときキューピッドの橋渡し役を愚弄《ぐろう》した結果、明らかに恋愛の明暗を左右した運不運の報いはあった。

柳橋に向かい欄干《らんかん》にもたれて浅草橋を眺めていると、悪天候を避けて屋形船が神田川を上っていった。遠ざかる船の白い航跡を目で追うにつれ、橋のほうが小さく揺れているような気がしてきた。右手の佃煮屋《つくだにや》「柳ばし小松屋」の紺の幟《のぼり》がはためき、穴子を煮こむ匂いが川風にまぶして運ばれてきた。いずれ病が癒えて退院できたならば、まず穴子の佃煮を食べたいと願っていたことは確かだが、スーツケースを引きずりながら、遠回りまでしていざ店に来てみると、それだけで満足し、買う気は失せてしまった。

青い屋形船が橋の下から現われ、二艘《そう》の灰色の小型船と一列になって川を遡上《そじょう》していく。アタリマスヨウニ、アタリ、マス、ヨウニ、と呪文が脳裏をよぎる。

宝くじなど買うべきでなかったと私はふいに思った。当たらないからではない。事態は逆だ。もし当選の幸運など舞いこんだならば、その対価としてもたらされる不幸は並たいていのはずがないからだ。

胸ポケットの携帯電話が微動している。唐突な心臓の動悸のようで気分が悪く、応答せずにショルダーバッグに入れると、間もなく音が止んだ。

ジャンボ宝くじの連番十枚とバラ券二十枚が、川面に向かって舞っていく。そのうち一枚は風にあおられて、橋の上に戻ってきた。この一枚だけは取っておこうか、と一瞬の心の隙《すき》をつかれたが、急いで丸め、川に投げ捨てた。

2

紙くずとなった宝くじ券の行方を目で追ってから、私は橋の南北を往復した。

柳橋を境に南は中央区、北は台東区である。橋の案内板を読んでみると、内容の力点の置きどころや書き方に明らかな違いがある。

中央区の案内文。


柳橋は神田川が隅田川に流入する河口部に位置する第一橋梁《きょうりょう》です。その起源は江戸時代の中頃で、当時は、下柳原同朋町（中央区）と対岸の下平右衛門町（台東区）とは渡船で往き来していましたが、不便なので元禄十年（一六九七）に南町奉行所に架橋を願い出て許可され、翌十一年に完成しました。

その頃の柳橋辺りは隅田川の船遊び客の船宿が多く、〝柳橋川へ蒲団をほうり込み〟と川柳に見られる様な賑わいぶりでした。

明治二十年（一八八七）に鋼鉄橋になり、その柳橋は大正十二年（一九二三）の関東大震災で落ちてしまいました。復興局は支流河口部の第一橋梁には船頭の帰港の便を考えて各々デザインを変化させる工夫をしています。柳橋はドイツ・ライン河の橋を参考にした永代橋のデザインを採り入れ、昭和四年（一九二九）に完成しました。

完成から七十余年、現在、区内では復興橋梁も少なくなり、柳橋は貴重な近代の土木遺産として平成三年に整備し、同十一年に区民有形文化財に登録されています。

こんどは、台東区の説明文に目を通す。

神田川が隅田川にそそぐところに架設されたので、はじめは「川口出口の橋」と呼ばれた。近くに幕府の矢の倉があったのにちなみ、矢の倉・矢之城橋と呼んだともいう。柳橋は正徳（一七一一～一五）頃からの呼称らしい。橋名の由来には、①柳原堤の末にあるので、②矢之城を柳の字に書きかえる、③橋畔《きようはん》の柳にちなむ、の諸説があって、真説は不明。③の説は単純だが、はからずも本当の由来かもしれない。

創架年代は「文政町方書上」によると、元禄十一年（一六九八）で、同年十一月十八日起工し、十二月二十六日竣工した。鉄橋への改架は明治二十八年（一八九五）。現在の橋は昭和四年（一九二九）完成である。

江戸時代、橋畔は船宿が並んで賑わった。幕末・明治以降、柳橋は花柳界として名高い。春の夜や女見返る柳橋――正岡子規がこの句を残したのを始め、柳橋は文人にとりあげられた。また、小林清親ら画家も柳橋を画題にした。

中央区の方はバランスよく情報を伝える教科書的な文面だ。教育委員会の啓蒙的配慮の行き届いたデス・マス調で、いかにも「中央区」らしい楷書的なスタイルに思える。橋の歴史にしても、江戸は簡潔に済ませ、最後のパラグラフに「近代の土木遺産」とあって、関東大震災の復興橋梁の事実にもふれ、「近代」に焦点を合わせている。

台東区の説明文のスタイルは驚きだった。教科書風の生真面目さではなく、まるで執筆を委託された個人が記したような緩さというか、妙なおおどかな面白さがある。何しろ「……ともいう」とか、「……らしい」、「真説は不明」、あるいは「……かもしれない」と、なよなよした、いわば草書体。最後のパラグラフなど、中央区に対抗するかのように、台東区は明らかに〈江戸〉に加担している。

私の思いはとめどなく動き出す。柳橋は〈東京〉と〈江戸〉のコンタクト・ゾーンなのだ。そればかりか、陰と陽、明と暗などいろいろな対比が溶けこみ隠れている。中央区の説明文の「関東大震災」もそうだが、隣り合う両国広小路の成り立ちが、明暦三年の大火で多くの犠牲者を出した教訓から火除け地として整備され、それ以後、江戸から東京へ有数の盛場として栄えた。だが、ここには災害の夥《おびただ》しい死者たちの記憶が眠っているのだ。

3

両国広小路からふたたび柳橋に戻ったとき、橋のたもとにある「小松屋」の厨房《ちゅうぼう》から佃煮の香りが漂ってきた。

店を覗くとちょうど自慢の「一口あなご」が煮えたところだという。かつて穴子はあまり好みではなかった。神田の某寿司屋の頑固な親方が、たいていの店で出す穴子はペルーやチリから運ばれた海蛇だと断固とした口調で述べたことなども、影響があったかもしれない。しかし、この店の穴子だけは、甘ったるい煮汁とは無縁で、無性になつかしい味として甦《よみがえ》ってくる。以前は嫌いだったといっても、そもそもほとんどの物事の好悪は、好きと嫌いの曖昧な領域を気まぐれにさまよっているだけのことが多い。ところが、それを他人に「嫌いだ」と話したとたん、宣言となって自分の中で確定してしまう。穴子に関しても、その程度のものだったかもしれない。

神田川の内壁にしがみつくように建つ「小松屋」のたたずまいに心惹《ひ》かれ、穴子でなくても何か買っていきたくなる。「一口あなご」から「しらす山椒《さんしょう》」に心が動く。

さらに迷ったあげく、「手むきあさり」にしたのは、父親が病を得て失職し一家離散の運命を迎える直前、幼い日の朝の食卓（もちろん卓袱台《ちゃぶだい》だ）の記憶に結びつく、感情の歴史が一瞬なりとも作用したからかもしれない。私はあさりの味噌汁のおかわりを母にせがんだが、残りはなかった。すると父は自分の椀のあさりの殻をすべて外してから、「ほれっ」と言って、私の前に置いた。

「あさりは江戸前ですか？」

と私は店主に訊ねた。

「この時期のものは愛知産です。身が大きいので、そちらを使ってます」

店主は答えながら、「手むきあさり」を曲げわっぱの中へ貴重品のように収めた。当然のように買い求めて店を出たものの、私は自分の弱点である消化器官の能力から、やっぱり食べるのは無理だろうな、と思った。

甘味処の「にんきや」が気になって、川沿いの道ではなく、いったん裏通りに入った。老姉弟が二人できりもりしていた店だ。大正の半ばから続く老舗《しにせ》も、三代目で閉じてしまったらしい。看板だけはあるが、古自転車が置かれ、店は静まりかえっている。後悔の念が動きだす。

昭和五十六年十月から五十回ほど朝日新聞で連載された「神田川」の最初に取り上げられたのが「にんきや」だった。かつて店の中は稽古帰りや風呂道具をかかえた芸者衆で賑わい、砂糖汁をたっぷりかけた黒蜜がとりわけ好まれたことを伝えていた。以来、私はこの店のことがずっと気になっていたのだが、暖簾《のれん》の奥から聞こえる女性たちの華やかな声に気圧《けお》されて一度も入ったことがなかった。

こうした躊躇《ちゅうちょ》の気持ちが動くときは、そもそも縁がないのだ。「にんきや」に限らず、入口から覗いて常連たちがカウンターを笑いで占拠している気配のある店は、たいてい敬遠してきた。

なじみの店に足を運ぶのは嬉しくはあるが、客同士が打ち解けて談笑し合う親密な場に身を置くことは、束の間であれ、まことに苦手なのだ。それでもたまに意を決して加わる。すると誰よりもよく喋り、冗談をひねり出そうとする。楽しんでいるわけではない。むしろ楽しくない事態への気弱な恐れから饒舌になり、冗談を連発するのだ。

ベルモントホテルを過ぎ、浅草橋の「田中屋」の屋形船が見える。その近くにあるラーメン屋「柳麺はやしや」に入りたくなった。ところが、暖簾が店内にかかったままで、扉に「スープが不出来のため、本日は臨時休業いたします」と大書してあった。私は二年前の開店当初、行列が収まるころに入って味わった煮干しの香りの強い、あっさりした醤油ラーメンを思いだしながら「不出来なスープ」になってしまった材料と手順の狂いとは、具体的にどのような事態なのか想像が刺激されて、立ちすくんでいた。するとスーツ姿の二人の若い男が急ぎ足で店にやってきて、眼鏡をかけた年上のほうの男が、貼り紙を見るやいかにも当てが外れたといったように舌打ちをし、「スープが、ふ、で、き、だって？　何を気取ってやがんだ！」と笑って立ち去った。

私の胸に「何を気取ってやがんだ！」という捨て台詞が突き刺さった。当てが外れたのは、ラーメン屋のほうだったかもしれない。「不出来なスープ」になったので、あえて臨時休業するという一徹な職人的こだわりを誇示したのかもしれない。しかしそんなものは単に「気取り」として嘲笑の対象になってしまったのだ。

もちろん、休業したくなるほどの「不出来なスープ」を作って意気阻喪《いきそそう》した気弱な店主なのであれば、「気取り」などと嘲《あざけ》るのは、いかにも気の毒だ。とはいえ、本当に気弱なら休む理由をスープのせいにはしないだろう。急用のため臨時休業いたします、とあっさり書くのが穏当だったかもしれない。ならば、やはり「不出来なスープ」とあえて述べることには、宣伝と自慢気なポーズが覗いているかもしれない。でも、それでいいのだと思う。「不出来なスープ」も「何を気取ってやがんだ！」も等しく大げさな言い方ではないか。

エリック・ホッファー『魂の錬金術』（中本義彦訳）がこんなことを言っている。「控えめな言葉によって明晰に考えることは、不可能である。思考とは誇張のプロセスである。誇張の拒否は、思考や称賛をしないことの言い訳である場合が多い」と。

それはそうであるにしても、今なぜ大げさとか誇張とかにこだわるのだろう、空元気からくる強がりみたいなものかもしれない。そう思ったとき、またバッグの中から携帯電話の振動音が聞こえた。誰からの電話か見当がついたので無視した。音は前よりも長く続き、苛立ちが伝わってきた。

4

神田川の上流から辿れば、水源地・井の頭池の「水門橋」が第一橋梁になる。風が小波を寄せてくるように、東京都の広報紙に載っていた井の頭公園の小さな記事を思い起こした。

井の頭公園ニュース

井の頭自然文化園のゾウの〝はな子〟が六十五歳になって、日本でのゾウの長寿記録に並びました。〝はな子〟は一九四七年にタイのバンコクの農場に生まれ、二年後の九月に上野動物園に到着し、井の頭に引っ越してきたのは、一九五四年三月で七歳のときです。

〝はな子〟は一九五四年に上野から井の頭に移ったのだとすれば、記憶している時期とくい違いがあり、不可解な思いがする。しかし、東京動物園協会発行の季刊誌『どうぶつと動物園』を読んで疑問が解けた。〝はな子〟は上野動物園の開催する「移動動物園」で一九五〇年から三年間続けて、井の頭自然文化園を訪れていた。

当時、入園料は現金ではなく、動物たちの餌の持参で代用できた最後の年あたりだったのではないだろうか。

ＪＣＩＩフォトサロンから発行された『「週刊サンニュース」の時代』に、小柳次一による一九四八年頃の上野動物園の入場受付の写真が掲載されている。

上野動物園も井の頭自然文化園も、乾草二〇〇匁《もんめ》、青草一貫で入場券一枚の表示がある。二〇〇匁はおよそ七五〇グラム、一貫は三・七五キログラムだ。

「シュウちゃん、あんた何も持ってないけど、お金で払うの？」

と引率する和子が聞いた。

「なんで？」

「なんでって、ただじゃないんだよ」

「なんで？」

何事にも遅鈍なシュウイチは、そう繰り返すばかりだった。

「おれの草、いっぱいあるから、二枚もらえるじゃん？」

文昭が助けにかかった。シュウイチの父母は文昭の家の和菓子屋で働いているのだった。

私はたまたま台所にあったトウモロコシを無断で持ち出したのだが、あきらかに贅沢《ぜいたく》すぎる代用物だったらしく、勤めから帰った母が嘆いた。

記憶をほぐすと、物納をめぐり引率していった和子の勘違いがあって、入口で手間どったように思うのだが、何か運の良い配慮があって、私たちは無事に〝はな子〟に会えた。

〝はな子〟は想像していたよりも、ずっと小さかったが、みんな遠巻きに恐々と眺めた。皺《しわ》だらけの皮膚に産毛が金色に光っている。口を半ば開けたままの表情には、いつも笑っている印象があり、ひっきりなしに動かす鼻からは、〝はな子〟のほうが子どもたちに好奇心を持っているように思えた。

和子だけは〝はな子〟を熱心にスケッチしていた。肩のあたりに蠅がたかっていたけど気づいたか、と和子は後で訊ねたが、誰も見た者はいなかった。

帰り道、頼りにしていた和子が道に迷った。来るときと異なる玉川上水沿いの道を選んだのだが、途中で暗い雑木林を避けて進むうちに、見知らぬ住宅街に入りこみ方角が判らなくなったのだ。私たちが動揺したのは、しっかり者の和子が嗚咽《おえつ》しはじめたからだった。陽気にはしゃいでいるのは、シュウ坊一人で、文昭と私は手をつないで歩いた。どのように帰り着いたかは覚えていない。

やがて私は西田小学校へ入学したが、一学期通っただけで川崎市の古川小学校へ転校した。翌年には、ふたたび同じ杉並区内に引っ越し、荻窪小学校に通うことになるのだが、そこも在学したのは二年ほどで、慌ただしい転居の繰り返しにまぎれ、このときの仲間たちもと再会したことはない。

和子の父は荻窪の自宅で絵画教室を開いていた。その後、和子も美術教師になったのではないだろうか。確かめたわけではないが、なぜか私はそう信じている。

中学生になった頃、文昭の家が出していた阿佐ケ谷の青梅街道近くの和菓子屋を訪ねる機会があったが、眼科医の建物に変わっていた。

ところで、動物園の入場料の物納について、記憶違いがあったかもしれないと思い始めた。動物園に持っていったのはトウモロコシではない。本当は何だったのだろうか？　先の『週刊サンニュース』の写真で、横向きの少年の下げている甘藷《かんしょ》はどうか。それとも、人参がいいだろうか。いっそのこと両方にしておきたい。やや贅沢なものでも、もはや亡母は嘆くまい。

5

ライン橋は神田川の第一橋梁の柳橋に重なる。ライン川上流の水源湖のライン橋と神田川の河口の柳橋とが、上流と下流の第一橋梁として向き合い、二つの川が一つの流れを作る。

中央区の案内文にある、柳橋が神田川の「第一橋梁」であり、また「ドイツ・ライン河の橋」のデザインを採用したという事実に、私の連想が跳んで、あらたな対比が浮かび上がった。河川の第一橋梁は上流から数えるのか、河口から数えるのか、その地理学的な正しさの確定はよく判らないが、私の脳裏にボーデン湖から流れ出たライン川が、ドイツのコンスタンツの第一橋梁をへて下流へ至り、バーゼルに行き着いた情景が甦る。

ドストエフスキーの長篇『白痴』のムイシュキン公爵はある夕暮どき、バーゼルの町に入った。

市場から驢馬《ろば》の鳴き声が聞こえてくる。彼はこの驢馬の鳴き声に感動して、頭の中がすっかり晴れ渡ったような気分になる。それ以来、公爵は驢馬が好きになり、心に深い共感を生み出し、これによってスイス全体が好きになるのだ。

私はムイシュキンのこのバーゼルでの小さなエピソードを思い起こすたびに、いつも愉悦を覚える。ここから『白痴』のみならず、いわば小説というもの全体が好きになってしまうほどなのだ。こうした場合の好悪の感覚が、いわば換喩の関係として働くことは、よく理解できる。たとえば、マーク・ロスコの「ブルー・オン・ダークブルー」への感動によって、美術というものの存在を賛美したくなるし、アルヴォ・ペルトの「タブラ・ラサ」によって音楽というものの全体に対して肯定的気分が湧きだしてくる。当然、この逆の事態もあるだろう。つまらない小説を読んだばかりに、文学全体が取るに足らないものに思えてきて、あげくのはてに読んでいる自分という人間までが愚かしいものに感じられてきてしまう。

個別的なものへの感動が、全体への肯定的感情の横溢《おういつ》に反転する。小さな記憶への愛惜が、それを生み出した舞台や季節を丸ごと抱き締めたくなる気分に広がるのだ。

いくつも例を挙げられる。たとえそれが驢馬の幻の鳴き声であっても。

昭和三十年代の初め、神田川の美倉橋近くの東岸にあったはずの家畜小屋で、それは聞こえるはずだった。

ムイシュキン公爵が市場から聞こえてくる驢馬の鳴き声に感動したバーゼルの町は、ライン川の中州にスイス、フランス、ドイツの国境の交点を擁する。三国の国旗を描いた標識塔が立ち、花壇にそって一周すれば約十五秒で三つの国を周遊したことになる。

もちろん、見えない三つの「国境線」をあっさり越えるとき、このあっさりした呆気《あっけ》ない経験に何か身体的な反応を確かめようとするのは、奇態なふるまいにすぎない。かと言って、「国境」の線引きの政治性に翻弄されている人々を想起しなければならないという、あまりに自明の感慨、したがってそれだけに訳知り顔で言いがちな感慨には慎重でありたいと思う。とは言っても、これは私の父が択捉《エトロフ》島生まれであるという事実に、取り立てて関係があるわけではない。

国境のこの地点にいると川であることを忘れ、海の錨地《びょうち》にいるように思えてくる。標識塔のスイス側のライン川は広い港湾状の地形になっていて、ある初秋の日ここに立ったとき、巨大な鉄板に似た貨物船が扁平の体躯を回転させて船尾の方から埠頭《ふとう》に近づいていた。埠頭には大小の船が停泊し、イギリス国旗の翻る客船が出航の準備中で、やがてラインを下り、ドイツ、オランダを経て大西洋を渡り、テムズ川を遡《さかのぼ》っていくはずだった。

〈Moby Dick〉と大書した船にも遭遇した。神田川の屋形船ほどの大きさの白いボートであったが、後部の甲板で日焼けした若い男が木箱に腰掛けたまま動かない。足元にモップとブラシが転がっている。その脱力した姿には、エイハブ船長を思わせるものは何もなかった。

ライン川のバーゼルのように、神田川の流域でも三つの境界が接する場所がある。駒塚橋のやや上流の新江戸川公園の前あたりで、文京区、新宿区、豊島区の境が交わる。

かつてこの場所にあった靴下の染め物工場をめぐるエピソードは、いずれ書くことになるだろう。もう一か所、第三架橋の左衛門橋の南側のたもとに、台東区、中央区、千代田区の接する交点がある。神田川を遡って左衛門橋まで歩くうちに、私はこの三区にまたがって居住している人に遭遇した。

浅草橋側から柳原通りに向かい、橋を渡りきった右手の角をまわり、ちょうどバーゼルで体験したように、三区の交わるスポットに着いた。

ところがその場所に段ボール小屋があった。川岸の手摺《てす》りには焦茶の靴とタオルが干してあり、段ボールの内側に小箱が積まれてあったが、どれも几帳面に紐で縛ってまとめてある。

人の気配が感じられないので、私はそのまま区境の写真を撮った。何枚か撮影しているうちに、段ボールの下で何か黒く動くものがある。カメラを下ろして凝視すると、両足だと判った。人間の足の裏というものは、これほど黒くなるものなのか、と私は妙に心うたれ、いつまでも眺めていたい気分になった。しかし、足はすぐに引っ込み、段ボールの屋根が外されて、日焼けした男の頭が現れた。目は宙を見つめ、垣根に寄りかかったまま動かない。

「すいません……」

と言ったものの、私は何を謝ったのか判らない。いきなり話しかけられて、相手も途惑い、私自身も途惑っている。

「すいません、起こしてしまいましたか？」

そう言い直したものの、事態は変わらない。無視して立ち去ってもいいはずなのに、私はなぜかこの場に引き込まれて動けなかった。男の座る場所が、ちょうど三区の交点にあたる。

「とてもいい場所を見つけましたね」と続けた呼びかけも、届いた気配はない。私が動けないのは、相手が何も応じないせいだと判った。

私はしゃがみこんだ。はからずも、睨《にら》み合った格好になった。通り過ぎる人々の怪訝《けげん》そうな視線を背に感ずる。

男は顎《あご》を上げ、姿勢を変えた。そのとき、青いビニールシートのかかった段ボールの脇に、学童用のクレヨンの箱が置いてあることに気づいた。スケッチブックらしいものは見当たらないが、絵を描く人だろうか。急に男の顔立ちが誰かに似ているように思えてきた。誰であったか、名前は思い出せないが、画家でもある俳優がいたような気がする。あの白っぽい細い顔がたっぷりと日焼けした面貌《めんぼう》に変わって男に貼りついた。

「絵をおかきになるんですね。見せていただいていいですか？」

初めて男から声がもれた。しかし、私はその音声をどのように表記してよいのか見当がつかない。P音とG音が交錯し、破裂音の多い未知の外国語を聞くような響きは、明らかに怒りを含んでいた。
「おじゃまして、すいませんでした」
と私は境界の男にふたたび謝って腰を上げた。しかし、なぜか去り難い気分が粘りつく感じだった。

6

左衛門橋から柳原通りを岩本町に向かう。美倉橋と和泉橋の間の南側に広がる岩本町という地名は、私にとって呪文めいた響きがある。小学校五年から中学二年頃まで、わけあってほぼ毎週土曜日の午後、母と待ち合わせるために神保町の古書店街まで出かけたのだが、そのときにかならず利用した渋谷発の都電の終点だった。岩本町はあたかも脱出と解放のしるしのような意味を持っていた。

ここで「わけあって」と思わせぶりな言い方をしてはいけないかもしれない。ごく短く述べれば、当時、杉並の福祉施設で共同生活をしていた少年たちとのややこしい確執を避けるためだった。とくに土曜の午後に危険が集中していたのである。私がこの「危険」を生む当事者の一人と見られていたことも、いまは触れない。

岩本町の三丁目あたりはかつて繊維の町として、多くの衣服問屋で賑わった。一九五〇年代の終わりの年の三月のことだが、小学校六年のある土曜日、私は母に連れられて中学用の学生服を買いにいった。

その頃、母は東京都民銀行（現・きらぼし銀行）の神保町支店に勤めていて、待ち合わせは三省堂書店本店と決まっていた。新興の都民銀行は、平日は六時、土曜日も二時まで営業していることで知られていた。当時の三省堂の社屋は低層で二階に学習参考書が置いてあったが、私はめったにいくことがなく、もっぱら一階の漫画と外国文学の棚に張りついていた。

小売はせず、業者だけを相手にする岩本町の問屋で学生服が買えた理由は、その店が銀行の融資先だったからだ。神保町から歩いて店に向かう途中、母は「玄武館道場があったのはこのあたりじゃないかしら」と言ったが、私はあまり頭に入らなかった。坂本竜馬も通った北辰一刀流の千葉周作の道場のことだと知ったのは、何年も後のことだ。

店に着き、母が応対に出た初老の女性に亡くなった店主へのお悔やみを述べると、私たちは奥の畳の部屋に通された。

「大きめのサイズでお願いできますか」

母はお茶を口にする前に言った。私はカルピスを一気に飲んだ。

「ええ、伸び盛りですからね」

女主人は並べた学生服の光沢の違いを説明したが、私には区別がつかなかった。部屋はアイロンをかけたときに漂うような、香ばしい生地の匂いが充満していた。

値段の相談になったとき、さらにもう一着の学生服が運ばれた。試着してみると、照れくさいような誇らしさが込みあげた。

岩本町の電停に進みかけたとき、母はふいに足を止めて言った。

「驢馬を見にいきたくない？」

私は関心がなく、気のない返事をした。しかし、母はもういくことに決めていた。川べりに小屋があって、三頭の驢馬がいるという。歩きながら、〈ロバのパン屋さん〉に貸し出すために飼育しているという母の説明に、たちまち私の関心が動いた。驢馬に牽引《けんいん》された屋台のパン屋は、そのときすでに何年も見なくなっていたからだ。〈ロバのパン屋さん〉の特製のカスタード・クリームのたっぷり入った丸パンは、憧れのおやつだった。

仄かな記憶を辿れば、驢馬小屋は美倉橋近くの神田佐久間町の対岸にあたる付近にあったはずだ。

「変だわね」

と母は何度も呟き、浅草橋まで下っても動物小屋らしきものはなかった。一年前には確かに存在したという。

もう消えてしまったとなると、私はどうしても驢馬を見たくなった。

それは叶わなかったが、いま美倉橋の上に立ち、左衛門橋へ向かって流れていく川面を眺めていると、あの幻の驢馬の鳴き声が聞こえてくる。

陽射しが弱くなった頃、三度目の携帯電話の呼び出し音が鳴った。そろそろ出なければならないだろう。感情を抑えた静かな女性の声だった。

「もし、もし、中村さんですね。看護師の沢口ですけど、どうされましたか？」

すいません、電話に気づきませんでした。

「スーツケースを持ってお出かけのようですけど、半日外出で宿泊許可は出ていませんよ。ごぞんじですよね」

はい、買い物をしたくなるかもしれないと思いまして。

「どうぞ、なさってください。それで、何時に戻られますか？」

ご心配かけて申し訳ありません。もう帰ります。

「そうしてください。台風が近づいていますし。それと、五時十分に、ドクターの説明もあります。お知らせしてありますよね？」

ええ、もちろんです。早めに戻ります。

「はい、お待ちしています。お気をつけて」

風はまだ強くならず、先に大粒の雨が来た。ビルの玄関口に身体を寄せて、スーツケースから傘を取り出しながら、病院には戻らないという選択肢にも好運があるかもしれないと私は思った。

2　思いめぐる、よどみ——浅草橋

1

早めに戻ります、と看護師の沢口さんの電話に答えた後も、しばらく橋のたもとに佇《たたず》んだ。

雨が止み、風だけが残っている。

柳橋から浅草橋まで、二〇〇メートルくらいの距離だろうか。秋津丸と艫《とも》にある薄緑の船体が川上へ向けて遠ざかっていく。船が浅草橋を抜けても、航跡は白い泡となって漂う。その泡立ちを押し戻すように水が割れて、また橋の下から白いペンキの剥《は》げた屋形船が姿を見せ、小さな渡し船をロープで牽《ひ》きながら過ぎた。

ふたたび携帯電話が鳴り、すぐに沢口さんへの言い訳を用意した。

はい、今そちらに向かっているところです、ドクターの説明の時間までには帰りますので、ご心配なく。

しかし、聞こえてきたのは姉の声だった。

「あんた、どこにいるの？　いま看護婦さんから電話があったけど、困っているみたいよ。勝手に外出したっきり、行方が分からないって」

「それは変だな、ちゃんと許可はとっているんだけど」

「何しているの？　台風が近づいているのに」

「だいじょうぶ、もう戻るって連絡してあるから」

都心から西へ四〇キロの郊外に住む姉の声の背後に、屋根を叩く雨の音が聞こえた。耳を澄まし、木槿《むくげ》の枝葉の揺れる庭を思い浮かべると気持ちが鎮まった。

「心配かけて、申し訳ない」

「私はいいから、もっと自分のことを真面目に心配しなさいよ。だから、達也にだって、見放されちゃったじゃない」

呆《あき》れ声が早口となって電話が切れた。何につけ、達也のことが付け加わるのは、いつもどおりだった。母親のいない息子にとって、生活万般の無頓着《むとんちゃく》ぶりが年ごとに顕《あら》わになるばかりの父親は、不要な荷物として見切りをつける方が得策だった。

雨は小休止しているが、上空では黒い重そうな雲が疾走し、神田川は墨田川からの水の逆流で賑わっていた。

川沿いに浅草橋まで向かうつもりが、私はまた柳橋の欄干にもたれている。動いていないはずなのに、背後から柔らかい力が加わって、そっと全身が前に運ばれていく感覚に包まれる。〈滞流〉という言葉を思いつく。橋の上から川の流れを見つめている私は、留まりつつ動いている。どのような川でも、流れの滞る水曲《みわた》とか、よどみが存在しないはずはない。

そうした思いが脳裏を周回して眩惑感を呼び、どれほど長い間ここに佇んでいたのか、判らなくなった。もう何か月もたっているような気もする。

いったん柳橋を離れてから、別の長い時間が差し挟まれ、ふたたび橋の上に戻って同じ風景を眺めている。あたかも時間を隔てた二つの風景が貼りついているかのようだ。

いや、長い時間をおいて二つの風景が重なっているのではない。事態は逆で、私が柳橋から浅草橋の方を見つめているのは、ほんの寸時なのではあるまいか。その寸時に、夢見のような出来事が頭の中でほつれては明滅する。

2

私は神田川でも玉川上水でも多摩川でも、子どものときから川の流れに魅入られて、しばしば時間を忘れることがあった。とりわけ、川面にたゆたう夜空の光は、時間への意識を惑乱させる力を秘めているのだ。

達也が幼い頃、夜空に流れる川の話をしたこともあった。

「ねえ、お父さん、天の川って、ほんとうの川じゃないよね？　宇宙にだって、水の流れる川があるって、ササキが言ってたよ」

「ササキって、誰だっけ？」

「ナナミちゃんだよ。この前、遊びに来たじゃない。ねえ、どうなの、天の川？　こんど、四年生になればわかることかな？」

「天体のこと、習うかもしれないね。楽しみにするといいよ。でも、どうなっているか、直接確かめに行こうか。ほら、この宇宙船に乗って。そう、しっかり操縦するんだ」

「うん、ハンドル、ぼくが持つよ。しゅっぱーつ！」

「すごい急上昇だ。この先でゆっくり右にカーブして」

「ねえ、あのうんと光っている星は北十字星？」

「いや、それはもっと北だよ。あれは、金星じゃないかな。さあ、一気に天の川に向かうぞ」

もとより達也の指さしている天空の方角は定かではなく、その星が金星かどうかも分からなかった。

「すごいね、お父さん、真っ暗なのにこんなに明るい。この帯みたいな渦巻、どれくらいの星があるの？　まぶしくて、目が開けられないよ」

「恒星だけで、一千億個だったかな、あとはガスになった星雲」

「じゃ、ササキが言ったみたいに、どこかに水の流れる川があるんじゃない」

「おっと、達也、ハンドルから手を離すな。じゃ、大きく左にカーブしてから、そろそろ地球に帰るか」

母親がピアノ教師と出奔した日の夜、達也と同じ年頃の息子と父親が宇宙へ散歩に出るアメリカ小説があったように思うが、作者は誰であったか。レイ・ブラッドベリ？　そうであるような、ないような。

たしかこんな場面があった。

ねえ、パパ、北斗七星って、どこなの？

宇宙船をもっと北に向けてくれるかな、そうそう、真上に向かう感じ。ほら、ひしゃくの形に見える星があるだろう。

どこどこ、あっあれか、じゃ、上の方にあるピカピカ光っているのが、北極星だね。じゃ、パパ、オリオン座はどこ、今から行ける？

ちょっと遠いかな。でも、見てみようか。操縦桿をしっかり持って、機体を南西に向けて。いや、もう少し左だ。よしよし、ほら、あそこに明るい白っぽい星と赤色の星があるね、それで……。

ねえ、パパ、ママはどこに泊まりに行ったの？

ああ、すこし遠いところらしいよ。

オリオン座よりも遠い？

そんなに遠くはないさ。

ぼく、もう帰りたくなった。

二人は自宅の庭に帰還する。

じゃ、宇宙船をしまおうか。

父と息子は、宇宙船の役割を終えた芝刈り機を裏の倉庫に運び入れた。

私たちの場合はどうだったか。地球に着陸後、達也は自転車を玄関脇の軒下に押していった。

3

携帯電話を開くと、隔週で送信されてくる〈井の頭公園ニュース〉が入っていた。

井の頭自然文化園でハサミムシの特設展示が始まりました。ハサミムシのお母さんが卵の世話をしている様子を観察できます。お母さんは卵をなめたり、掃除したり、場所を移したり、見張りをしたり熱心に子育てをします。ハサミムシによっては、お母さんは食べ物も取らずに卵を育て、最後は幼虫たちに自分の体を食べさせる、驚くような育児法を行なう仲間もいます。

井の頭周辺はなつかしさが充満している。とりわけ佃橋から久我山橋を経て、井の頭池に到る神田川の上流部の流域は、私の少年時代の記憶が最も濃密な場所だ。柳橋から川を遡るにつれて、時間も過去に向かう。

流域のすべての場所に思い出があるわけではないが、中流部の淀橋の周辺には、なつかしいエピソードが集中している。上流へ向かう道すがら、時空の反転した異域の出来事が流入することもあるだろう。

柳橋について言えば、入院中にこの場所にまつわるいくつかの小説を読み、メモも取り、頭の奥に刻み込んだ。

そうした結果、奇異なことが起こった。

どれほどの時間が流れ去ったのかは判然としないが、私が柳橋の欄干に手を置き、川面を見つめていたとき、じっくりと読んだはずなのに、記憶の薄れかかった小説が、細々とした言葉を携えて、脳内にひと続きの映像として鮮明に浮かび上がった。私が覚えていたというより、橋自身が自ら長く眠らせておいた記憶を私に転移させたのだ。

およそ百年前、下平右衛門町（台東区）と下柳原同朋町（中央区）を結ぶ柳橋は、まだ江戸の名残を留めていた。そして下平右衛門町の情景に与《くみ》すると思われる永井荷風の「牡丹《ぼたん》の客」がふいに幻出した。

永井荷風その人とおぼしき男と中年に入りかけた芸者が、欄干にもたれて、川面の彼方の層をなして動く雲を眺めていた。芸者の名は小れん。こんな囁きが聞こえてくる。

「雨上りのせいかしらね、今日から急に日が長くなりだしたみたいに思える」

「そう、長くなった気がする」

小れんが見上げた青空としだいに薄れゆく黄昏の輝きが美しく映える。

墨田川から伝わってくる神田川の上げ潮の水面も、夕陽を受けて、磨いた硝子板のように光っている。行き来する人の顔や着物の縞が夕方の明るさではっきり見え、湯上がりの女の襟筋《えりすじ》が白く際立つ。蝙蝠《こうもり》を追いかける子どもの声、電車の響き。遠くで汽船の笛の音が長く尾をひく。

小れんは大通りを両国橋のほうへ歩きだす。橋の手前の店から煮物の匂いが漂う。電車を待つ人々、橋を渡る荷車、そうした街の賑わいのなかに身を置いていると、男はふいに待合から女をつれて出した自分と躍動する世間の間には、別々に支配された運命の隔たりがあるように感じられ、言い知れぬ憂愁に包まれる。

日常的な活動の連続性から隔絶した「憂愁」となれば、私の気分も引き寄せられる。ふたたび〈滞流〉なる言葉がよみがえる。

「牡丹の客」に停滞する気だるい疲れの気分。かつて築地でいっしょに暮らしたこともあるが、いまはふたたび芸妓になっている女と人世に倦《う》んでいる男。二人は一晩の逢瀬の後、たいした楽しみからでもなく、ふとしたはずみで船に乗って本所の牡丹を見に行くものの、夕闇のなかから浮き出した牡丹の花は散りかけている。見物人は誰もいない。だが、通りでは子どもたちの囃《はや》し声が高くなる。

とっくに散ってしまった花を無理やり華やかにさせている疲労と倦怠の情が庭中の一輪一輪の花から湧き出している。それが二人の心にも流れこむ。

「つまらない世の中ね」「ああつまらないさ」といったとりとめない会話にもの憂い気分がたゆたう。

しかし私の気分はこうした憂愁からにわかに離れだす。何より心惹かれたものは、二人が船で本所の牡丹を見に行く舟航《しゆうこう》の感覚と船上からの光景である。

すれ違う蒸気船の横波を受け、早船は左右に揺れる。横波は川面をすべり、若葉の茂った土塀のある石垣を越えて這い上がりそうになりながら、白い泡を立てる。

一の橋をくぐると荷船が繋がれ、船頭が舷《ふなべり》へしゃがんで煙草をふかしながら空を見ていたり、川水で汗を拭いていたりする。女房は子を背負って竈《かまど》に火を焚き飯櫃《めしびつ》を洗う。石炭殻を焚く煙の匂いが漂い、赤い焔が川面に映える。

小れんは船上からそうした光景を眺めて呟く、「おつだわねえ、浮世離れて」と。女にとって、川べりに現われた市井の暮らしは、「おつ」であり、「浮世離れ」しているのだ。

かつて世帯を持ったがまた芸者に戻った浮草のような人生にとって、川岸に見えるありふれた日常の光景こそ、「浮世」からかけ離れた煩わしい生活に思えてしまう、この倒錯した羨望に悲哀が覗く。

橋の欄干や空地で遊び騒ぐ子どもたちの声が水面を渡り、背後から二人を追いかけ、船の動きを急がせる。

橋のたもとに束となって置かれた竹竿は、夕暮れの空に黒く鋭く聳《そび》えたつ。しかし芸者の小れんにとって、いくら「浮世離れ」に映ろうとも、川岸の市井《しせい》の日常にも揺らぎは存在するだろう。

逆にどれほど荒れた生活にもひと時の静けさはあるはずだ。

そうしたありきたりの感慨に行き着いたとき、私は胸がヒート・アップしたような息苦しさを覚えて、上流の欄干から離れ、道を横切って反対側の墨田川を眺め渡した。白波の立つ大川から、何の損傷をしたのか屋根の中央をブルーシートで覆った屋形船があわただしく神田川に上がってきた。

柳橋を潜《くぐ》り抜けた船を追い、上流側に戻り欄干に手を置くと、橋桁の揺れるような錯覚が身体に眩暈《めまい》を呼び、新たな情景が脳裏に浮かび上がった。島崎藤村の小説「河岸の家」の場面がじんわりと滲《にじ》み出てくる。

気を落ち着けて振り返ると、「牡丹の客」が「台東区」的な淡い夕暮れの筆致の小説であるのに対し、「河岸の家」は夏の朝の訪問客から始まり、明澄な「中央区」的な作と言いたい思いがする。しかし、これもまた登場人物に憂愁の影を刻む作なのだ。

4

藤村は一時期、柳橋の北側の通称「柳橋代地」に住まいを構えていたらしい。「河岸の家」は神田川の南岸に住む家族の夏の情景を描いている。

かつて書生として寄寓していた柳橋の家（日本橋元柳町）に鶴吉という男が訪ねてくる。子を亡くし今の住まいは方角が悪いと妻に言われ、貸家のつてを求めて相談しにきたのだ。鶴吉がかつて家族同様に生活していたこの家は、養子の「廣田の叔父」と「お祖母《ばあ》さん」（親しみをこめて、こう呼ぶ）に一人息子の少年の壽《ひさし》の三人暮らしである。

朝食前の時間の訪問だが、喜んで迎えられ、家に賑わいが広がる。お祖母さんが、孫を呼ぶ。奥で蒲団をたたむ音がする。

鶴吉は部屋に上がらず、夏帽子を框《かまち》に置くと、庭の隅の草箒《くさぼうき》を取り出し、書生時代のように住居のまわりの掃除を始める。浅草橋と柳橋にはさまれた場所で、家の前は石垣に沿って神田川に下りられるようになっている。

鶴吉はバケツを借りて水を汲みに行き、家の外に撒《ま》く。朝日を拝みに河岸へ出ていた「叔父」が帰り、長患いの末に亡くなった叔母の位牌に手を合わせてから昔の書生を迎えた。かつては大きな店を持ち、手広く事業をしていたが、今は家族三人でつましく暮らしている。

朝早く起きる習慣になったのは、「洋行」のおかげだと「叔父」が言う。「洋行」とは獄中生活のことで、武士気質からかつての主人を救おうとして過ちを犯したのだ。最後は身の証をたて三年間で出てきたものの、店は焼け、妻も病没していた。

鶴吉はお茶といっしょに青梅塩漬けをすすめられる。勝手の方から卓袱台《ちゃぶだい》が出され、朝飯の準備が始まる。孫の壽が手伝う。早朝の訪客を囲んで、四人のなごやかな感情が行き交う。

水と親しむ河岸の生活。朝の太陽を拝み、仏壇の前で合掌し、庭を掃き清め、打水をし、卓袱台を出し、朝食に茄子の漬物が置かれる……と情景を辿るうちに私は懐かしさがこみあげてきた。

あの夏の朝の空気がよみがえる。明治の朝のこの光景は少なくとも一九五〇年代から六〇年代初めまで、私自身の日常に重なる経験だった。神田川と玉川上水に挟まれた杉並区の福祉施設で過ごした、あの遠い夏の記憶をいずれ記すことになるはずだ。

台風はどこまで近づいているのか。上空では相変わらず雲が疾走しているが、凪の訪れのように雨も風も止んでいる。

私は神田川を上流に向かって進むことを中断し、柳橋から両国広小路をとおり、「河岸の家」で少年の壽が泳ぎにいった隅田川の濱町河岸（今の日本橋浜町のあたりか）の「水泳場《およぎば》」へ向かった。コンクリートの岸壁をたどるばかりで、川岸の涼風もなく、たちまち足が重くなる。シャツが汗で皮膚に貼りつく。

人影のない水上バスの発着所の見えるあたりで歩をゆるめ、私はかつての川の賑わいを想い描いた。

鶴吉に「叔父」と呼ばれる男は、仕事に出ているはずなのだが、釣客にまじっている。鶴吉は声をかけ、そばに坐って浮きを見つめる。鶴吉は子どもを亡くしてから、こうした無為に過ごす人たちの振る舞いに心動かされるようになった。藤村自身、たしか三人の幼い女の子を亡くしていた。

荷風の「牡丹の客」の小れんが羨望の目を向けた川岸の人々の「浮世」にせよ、のんびり暇な生活にせよ、鶴吉や「叔父」のように悔いの棘《とげ》を抱えていることもあろう。自明すぎる事実だ。もちろんそれは小れんにも判っているはずであり、彼女の羨望は男への未練を引きずった嘆きにすぎない。

釣りをしながら、「叔父」は入獄中の苦い経験を話すのだが、鶴吉は「君」という対等な呼びかけに途惑う。やがて鶴吉は壽のいる水泳場へ泳ぎに行き、「叔父」もまた道具を収めて後を追う。

束の間、私の視線は「叔父」の眼の動きに同化して、牢から外を眺める囚人のような目遣いとなり、自由自在に水の中を泳ぎまわる青年たちの姿が見えるような幻覚を呼び起こした。だが、自分の身体が呪縛《じゆばく》にあったような感覚が追いかけてきて、それを振り払った瞬間、我に返った。

冷静になって考えれば、「叔父」たちが隅田川の過去に向ける視線は、今の時点の懐旧のそれとほとんど変わらない。以前、釣りにきたときに比べ、川幅も、岸の風景も変わり、川上から機械油を流す連中がいて、昔と違い魚はもういなくなったと「叔父」は呟いているのだから。似た言い方がいつでも反復される。「今と比べ、昔は――」と、風景の存在はあたかも新旧の差異においてこそ認識され得るかのようだ。

5

神田川の水面を見つめる視野がおぼろげに歪むように思えた。それも一瞬のことで、ライン川への旅の光景が甦ってきた。遠い過去のことではない。十年ほど前のことだ。

なぜ私はライン川まで出かける気になったのか。

単純な理由からにすぎない。有島武郎が神田川に関わりがあるという小さな事実を知ったからだ。柳橋からおよそ四キロ遡上した大曲《おおまがり》の近く、小石川区水道町五二番地、今の住居表示で言えば文京区水道町一丁目一二番で有島は誕生した。「水道町」の字義に導かれ、私は見えない「水」の「道」を辿って、ライン川まで行ったとも言える。

有島はハーバード大学に三年ほど学んだ後、帰国するのに先立って大西洋を渡り、イタリアで絵画を勉強中の弟の有島生馬とナポリで合流し、ミラノからスイスのルツェルンに行く。兄弟はチューリッヒまで出迎えた生馬の画友たちに案内されて、ライン川岸の中世の町シャフハウゼンに到着。一九〇六年十一月十七日、有島武郎が二十八歳の年である。
宿は「シュヴァーネン」（白鳥ホテル）という。このホテル名もまた私がラインまで行った小さな因縁の糸に結ばれている。しかし、この結びつきは日本に帰ってから気づいたものだが。生地の近くの大曲に架かる神田川の橋が「白鳥橋」なのである。一六五七年の明暦の大火の後に埋められた白鳥池という沼に由来するらしい。

「白鳥ホテル」での滞在は一週間ほどだったが、武郎は宿の娘ティルダ・ヘックと親しくなる。ティルダは彼より一歳年上の快活な女性だった。また、舞台経験もある歌手で〈フジヤマ山サークル〉と名づけられた芸術サロンの有力なメンバーであり、ラインの瀑布《ラインフォール》見物などの遠出や芸術家仲間の訪問などに同行した。シャフハウゼンを後にした旅の途次、さらに帰国後ティルダに深く熱い思いをこめて、自死の前年まで英文の手紙を書き続け、その数は八十通に及ぶ（星座の会編『愛の書簡集――有島武郎よりティルダ・ヘックへ』としてまとめられている）。

有島の生涯にわたるティルダとの交情は、共に過ごしたシャフハウゼンの濃密な一週間という時間から生まれた。短い出会いであったが、有島は一生この愛の記憶を反復し、ティルダに呼びかける。ときにその応答は日々の思索の源泉となる。

二人の過ごした一週間に準《なぞら》えて、私のスイス滞在も七日間となった。

今日は十一月二十三日。二人は月明かりの下で、チューリッヒ湖畔を散策している。武郎がシャフハウゼンを離れ、夜遅くチューリッヒ駅でティルダと別れた日だ。

二人は何を話したのか。

『観想録』のスイス日記に、「好めるは秋と春。春には常に期待あり。人を誘いて何ものをかを求めしむれども、我嘗《かつ》てその何たるかを知らずなど、ティルダ語る」と記されている。この告白は、何を含意しているのだろう。歩きながら感情が昂《たか》ぶって、武郎はティルダのポケットのなかに手を突っ込み、拒まれた。これはその後にもらした言葉だったかもしれない。

「驚かせてしまったね。無礼を許してほしい」

羞恥心で体がほてったが、武郎は自分の軽はずみな振る舞いを後悔しているわけではない。夜の湖を風が撫でてゆき、水面が細片を裏返すように月光にきらめいた。

「わたしが好きな季節は、秋と冬」とティルダは武郎に寄せる自分の気持ちが誤解されたことに、途惑いを覚えながら話を変えた。「春になると、いつも何かが起こりそうな予感がするの。人とお付き合いをしていて、心の中で求めているものがあるのですけど、でもそれが何なのか、けっきょく判らずじまい」

チューリッヒ駅の列車は二十分ほど出発が遅れた。別れの憂愁がいや増す。有島は日記に記している、「この夜武郎の頭乱るること甚だし。車中に呻吟《しんぎん》殆ど一睡をなさず。まいりたる気味なり」と。十六年後、死の前年のティルダ宛の手紙で、有島武郎は別れの夜を回想して書く。

直接あなたに触れなければ、わたしの気持ちを伝えることはできないと思ったのです。

でも、駅での別れの折、あなたの眼差しはわたしの目を突き通し、ほかの誰も見抜けない愛のこもった多くのことを語ったとき、わたしは満足感にあふれていました。同時に、生のあるかぎり、お互いに離れることができないと知りました。


まるで昨日の出来事を語るかのように愛の感情にあふれている。

およそ百年たった今、「白鳥ホテル」は記念のレリーフを残すだけでスーパーマーケット「マノアー」になっている。しかし中世の小都市シャフハウゼンは、フロンバーグ広場も噴水も石畳の道も、町の佇《たたず》まいは変わっていない。

有島武郎の旅程を辿《たど》った最後の日、フロンバーグ広場の旧「白鳥ホテル」と隣り合った花屋を覗いたとき、深紅色のコスモスの花束を包んでいる若い女性が目に入った。一瞬、どこからか微風のように声が運ばれてきて、店に立ち寄った誰かが「ティルダ」と呼びかけた気がする。

6

柳橋からたった二〇〇メートルほどの距離なのに、ライン川を経由して、ようやく私はまた浅草橋に辿り着いた。

神田川を遡っていく緩慢な歩みと遠い過去の情景を引き寄せるたどたどしい動きとが唐突に共振したり、とりとめなく逸脱したり、進みつつ戻るような、進行と停滞を繰り返していく気分を私は楽しんでいる。とりわけ、ひとつの場所に思いをめぐらしながら、ふと恩寵《おんちょう》のように記憶の奥に眠っていた光景が誘い出されたとき、それは過去の時間に閉じこめられていた亡霊が甦ったという実感とともに、今まさに生まれ、現われ出た生身の存在との邂逅《かいこう》をはたしているる気がするのだ。そうした現前の手応えを欠いたならば、私は何事も思い出さないのに等しい。

だが、恩寵とはあまりにも超俗的すぎる言葉だろうか。仮にそうであっても、心を揺らし、惑乱を誘う何事かが兆《きざ》すことと思いたい。

『エックハルト説教集』(田島輝久編訳)にこんな言葉がある。「恩寵がなにかのわざをなすということはない。恩寵がそこに現われるということが恩寵のわざなのである」

エックハルトは、「時が満ちたとき、そこに『恩寵』が生まれた」とも言う。現前の手応えとは、不意打ちのようなセンス・オブ・ワンダー(驚きの感覚)であり、時を得た恩寵なのだ。

携帯電話が微動し、私を呼び出している。誰からか、もはや疑う余地はない。

「もしもし、沢口です。急いでお知らせします。ドクターとの面談、三十分繰り上がって、四時四十分になりました」

あっ、そうなんですか。判りました。あのー、もうキャンセルは無理ですよね。

「どういうことでしょう？　それだと手術の予定も変わることになります。すべてキャンセルですか？」

沢口さんの初めて聞くような苦々しい声だった。

申し訳ありません。その時間には帰ります。

沈黙だけがあって、電話は切れた。残り時間は三十分。江戸通りに立つ。悪天候を間近にして、空車表示のタクシーはやってこない。ようやく、ためらいがちに停車した一台に乗り込むと、秋田の大舘市から千葉に来て四日目の運転手だった。判る道は常磐線の松戸周辺だけだという。妻が病院で死にかかっているんです。切迫した声そのものに嘘はなかった。重大なミッションを果たそうと、タクシーは誠実きわまる迷走を始めた。

3 もののけ、ようこそ――お茶の水橋

1

「これでどうですか、まだ痛みがありますか？」

私のうなずくのを確かめてから、沢口さんは夜勤の看護師が処置していった点滴の針の位置を変え、血圧などの計測結果のデータ入力、薬剤の残量の確認、さらにブラインドの開閉の調整まで順に済ました。

仕事の運びは無駄がなく手際よいのに、なぜか一連の動きはゆったりした流れを感じさせる。数日たって気づいたのだが、その理由は沢口さんのおしゃべりにあった。

無駄口をきかず、すばやく、いかにも有能そうな様子で作業をするのではない。要領よく仕事を進めていながら、のんびりした口調で話しかけてくる。笑いにつきあったり、つきあわせ

たりするうちに作業が終わっている。

いつも病室から病室へ、小柄な身体を精力的に運んでいる人だった。あちこちの患者から頼りにされ、たびたび呼び出しの電話が鳴るのだが、それでいて「はい、どうなさいましたか？そうですか、はい、わかりました。いま行きますので、お待ちくださいね」と答えながら、なおおしゃべりを続けたりする。

「……ですから、村上春樹はどうしても好きになれなくて。同僚の看護師たちは、みんな大の村上ファンですけど、私だけ違います。あの人の小説、どこがいいんですか？」

「好きじゃない？」

「ええ、だめです。男たちは、いじいじしてて、卑怯《ひきよう》なやつばかり出てくるし。女もみんな、だらしない。こんな男や女のどこがいいのって思っちゃいます。せめて凄味《すごみ》のある魅力的な悪党でも出てくれれば、まだましなのに。比喩も歯が浮くような、わざとらしいものばっかりじゃないですか」

「なるほど、そんなふうに感じたんですか。だったら、しっかり読んだとも言えるわけだし、そこまで読んだのでしたら、楽しんだも同然でしょう。いまの感想に到るだけで、もう十分に愛読者ですよ」

私は質問を未消化のまま笑いながら応じたのだが、「そうですか……」と沢口さんはやはり納得しがたい。その納得できない表情には、患者とのリラックス目的のおしゃべりを越えて、真剣な関心の気配が漂っている。

それなら、村上春樹の魅力をどう説明したらいいだろう？　私は論議への誘いに活気づきそうになるが、自分は病気なんだと意気上がらぬ自覚に改めて引き戻され、にわかに小声になって沢口さんを促した。

「ほかの患者さんに呼ばれているんでしょう？　早く行ってあげないと」

「だいじょうぶです。すこし待っていただくほうがいい方なのです」

と沢口さんは何か事情がありそうなことを言い残して、病室を出ていった。

こんどは私のほうに、真剣な関心の小さな渦が巻く。待たせたほうがよい人間というものは、確かにいるのかもしれない。

たとえば、どのような？　私は朦朧感《もうろうかん》の抜けない頭で考えを追おうとする。村上春樹の面白さを説明するよりも、「なにか事情がありそうなこと」に興味を覚える。せっかちで、わがままな患者の要求に、いちいち即応してはいけないという単純な事実の可能性が高いが、そのこと以上に、対人関係の応答のスピード感に関して、こういう場所に特有の事例があるのだろう。すぐに求めに応じてはいけない人間がいるという配慮のレベルも含めて、ベテランの沢口さんは明らかに他の看護師とは異なる空気を漂わせている。しかし落ち着きはらった威厳といった重さの雰囲気は皆無で、むしろ小回りのきく機敏な軽さ、場合によっては、容易に他人に付け込まれそうな気弱さこそ感じさせる。

もちろん私は、沢口さんのプロフェッショナルな多くの配慮に助けられた患者であり、それは腸の働きが止まって深夜に苦しんでいるとき、「摘便《てきべん》」(初めて知った言葉だが、肛門に指をいれて便を出す処置のこと)をしてくれた一事でも明らかだ。この技術は保育士が持っていて、ベビーベッドに寝かせた乳児に「摘便」をしていると、たちまち効果が出て、近づけていた顔に便を浴びるケースもよくあると聞いた。残念ながら、それでも私の腸は機能を休止したまま、四日も過ぎたのであったが。

高熱で苦しんでいた夜、その沢口さんが幽霊になった。

驚きの体験と言うべきなのだろうが、驚きの感覚というものは、ずいぶんと覚醒の境位に近いところにある。朦朧状態では驚きは自覚できない。いや、たしかに幽霊だとは思ったけれど、より正確に言えば、沢口さんは幽霊の介添人だったのだ。

ドストエフスキーの『罪と罰』(江川卓訳)の第四部で妻の亡霊におびえるスヴィドリガイロフは、ラスコーリニコフを相手にこんなことを言っている。

幽霊なるものは、べつの世界のいわば切れ端、断片であって、そのはじまりである。したがって、健康な人間は、もちろん、それを見るべくもない。なぜなら健康な人間は最も地上的な人間だから、その充足と秩序のためにも、もっぱら地上の生活を生きなければならない。しかし、その人間がちょっとでも病気になり、人体組織のなかの正常な地上的秩序がちょっとでも破れると、たちまちべつの世界の可能性が現われはじめる……。

判りやすい説明だ。「人体組織のなかの正常な地上的秩序」の失調によって、「べつの世界のいわば切れ端、断片」としての「幽霊」が出来《しゅったい》するのであるから。私がわざわざこの文を引用したのは、この判りやすさによって、曖昧なるものの怖れに向けた〈悪魔祓い〉をするためではない。むしろ事態は逆で、「人体組織」の「地上的秩序」の崩れによって、「べつの世界の可能性」が立ち現われ、「幽霊」との遭遇を引き寄せたのだとしたら、たとえ病を機縁とすることであろうとも、いささかの僥倖《ぎょうこう》を振り返るためなのである。

2

真夜中、と言っても何時であったか覚えていない。

いつも二時ころに、ドアが開き、懐中電灯の光が遠慮がちに壁を這って、点滴の目盛を照らし出したり、患者の寝息を確かめたりするのだが、たぶんそこまで遅い時間ではなかったと思う。

熱にうなされながら半睡半醒の時間を過ごしつつ、闇を見つめていた。すると、入口の方から部屋に薄明かりが流れてきて、また遠ざかり、そのまま消えるかと思ったのだが、白衣の姿のいつもの沢口さんが現われ、私の前を素通りし、無言で窓に近づいた。その近づき方が歩くというよりも、腰の高さを一定にしたまま滑るような移動の仕方で気になり、そのことを伝えようとしたとたん、沢口さんはこちらに片手を上げて制してから、その手がロールカーテンの紐をつかんだ。

ゆっくりと引くにつれて、沢口さんの身体も吊り上がっていき、宙に浮いた。私は宙吊り状態が自分の身に起こったかのように胸苦しく、ふたたび声を上げようとした。しかし、口というより舌がこわばって発話できない。

カーテンが開いて現われたのは、東京スカイツリーの見えるいつもの窓ではなく、夜空を背景にした白っぽい広がりで、スクリーンのようにも見えた。妙なことに、無言のままの沢口さんの姿をずっと追っていながら、顔が確認できない。

それでも表情が気になって、こころもち身体の向きを変えかけると、麻酔が切れかかっているせいか、腹から焼けつくような痛みが走った。ほとんど同時に、沢口さんの右手が手招きに似た動きで白い窓を示した。それに伴って窓が開き、冷たい夜の空気が部屋に流れてきた気もするが、一瞬後に起こった見知らぬ人物たちの顔の出没の怖ろしさで私は覚えていない。

最初に現れたのは、ムンクの「叫び」の人物が、はっきりと老女に入れ替わったような顔で、ぼろをまとい白髪の乱れ髪が揺れていた。ふさいだ耳を気遣って、私は自分の叫び声を抑え、身の震えに耐えた。

顔から目を離せずにいると(目を離すと何か決定的に怖ろしいことが起こるような気がして)、

顔がくるりと回転して消え去り、裏から新しい顔が現われた。それは表情はどことなく人間を感じさせるものの、毛に覆われた類人猿の顔で、おかしなことに前の「叫び」の老女よりも見覚えがある印象なのだ。しかし記憶を辿る間もなく消えてしまい、こんどは髷《まげ》を結った力士を思わせる大きな顔貌が窓の隅から湧き出すような動きで現われ、吠えかかる口を作ったとたんに頭がつぶれ、晒《さら》し首の台に似た板に眼球だけが二つ残ってこちらを睨んだ。

ここでも私は目を背けるわけにいかず、視線を返すほかはなかった。と、また顔が消えた。どうやら視線をしっかり受け止めると顔の亡霊は消えるようだった。消えると新たな顔が現われる。薄く開けた口から白い歯が鋭利な刃物のように光る顔が、敏捷な身のこなしで挑んできそうなときも、目を凝視するとたちまち消えた。見つめ返すといなくなるが、見る限りはまた現われる。

窓が白い画布の広がりになって、顔の輪郭がない、目と鼻孔と薄い唇だけが浮かび、やや斜めからの視線がこちらに向かってきた。どうも若い女性の印象がある。しかもそれらが鼓動と同じリズムで点滅を続けていて、そのリズムを追うと私自身の心臓が苦しくなった。心臓に意識が行き、これはまずいと感じた瞬間、赤黒く爛《ただ》れた心臓というよりも、レバーのような内臓に顔が貼りついて、目だけが動いている。

逃げなければ、と朦朧とした意識の中で思ったのだが、ここでも睨《にら》み返すことが顔を追い払うただ一つの方法だと意外に冷静な判断があって、眉間《みけん》に力を入れた。やはり、顔は回転しながらどこかに吸い込まれ、入れ替わりにこんどは山高帽を深々とかぶった顔が浮かび上がり、目も鼻も見えず、歪んだ口らしきものが動く。

「口らしきもの」と言うわけは、横長の黒っぽい染みの塊のように見えたからで、それが窓枠に向かって左右に膨らみだした。が、途中でのたうちながら縮み、その反動で帽子の中から、横並びに鼻と目が引きずり下ろされた。苺みたいな形の鼻に続き、気弱な力のない眼差しが現われ、逆にそのせいか労りの柔和な凝視で、私は緊張が緩んで泣きたくなった。

本当に泣いた気もする。それも瞬時のことで、新たに眼鏡をかけた坊主頭の兇暴そうな顔が近づいてきて、私は必死で視線の圧力に耐えたのだ。

この止まることのない顔の出没の呪縛から逃れようと、沢口さんに助けを求めたのだが、姿が見えない。いついなくなったのかも判らなかった。

3

片目に眼帯をした鬣《たてがみ》のある獰猛《どうもう》そうな中年男とか小さな顔に不釣合いな太い首のまわりをマフラーのように腕をぐるぐる巻きにして目を剝いている女など、顔の氾濫はまだ続いたが、手術後の高熱から回復した後、書き留めておいたのはこれだけだ。あたかもスライドショーのように、さまざまな顔が浮かび上がってきては消えた。

怖ろしい幻妖《げんよう》たちは何者だったのか?

この胸苦しい遭遇は寿《ことほ》ぎというべき幻覚だったと気づいたのは、退院の日のことで、御茶の水でバスを降り、スーツケースを引きながら神田川の橋を渡ったときだった。それには、寺田寅彦という固有名ともう一つ不可解な出来事について語らなければならない。

病棟から北へおよそ徒歩二十分の場所に根津神社がある。私はそこへの道順を何度となく頭の中で辿っていた。いくつかルートがあるうち、必ずしも最短の道ではないが、旧岩崎邸庭園の脇の坂道を下りて不忍通りを左折し、千駄木に向かう道を進む。おそらく不忍池の水の気配を感じながら歩きたかったのだ。

なぜ根津神社をことさら思い出していたのか判らない。ツツジの名所ではあるけれど、その季節に行ったのは一度だけ、しかも人ごみに息が詰まる感じで早々に退散した。

私が想い描いていたのは夜の根津神社だ。行くとすれば夜がよい。闇の中に浮かぶ楼門は記憶にあるようでもあるし、ないようでもあった。しかし病棟の電灯を消した部屋の窓から、街路灯の明かりも届かずに水面が暗く沈んでいる不忍池の風景を眺めていると、行かなければならないという理由のない切迫感にさいなまれそうになった。

たぶん、願いが叶ったと言うべきなのだろう。

点滴が外れた最初の日の夜、黒い人影の気配に、浅い眠りから目を覚ました。ベッドの足元の先にソフト帽をかぶった紳士が立っている。初対面だが、なじみの顔に思えたのはどうしてか。いや、「なじみ」と自覚的に判断したわけではない。ぼんやりと納得した気分があったのだ。何しろ寺田寅彦その人だったのだから。

最初から当然のように寺田寅彦だと思ったのも妙なことだが、少なくとも私は「あなたは誰ですか」などと品のないことは訊ねなかった。

声には出さないが、そっと一緒に来るようにと手招きしている。私はパジャマのままショートコートだけを着て、後に続いた。

深夜なのだが、救急搬送用のエレベーターは動いている。ただ、なぜか二階で止まった。

寺田寅彦は迷うことなく、青いランプのついた非常用の出口を抜けて、階段を降りて行った。先を行く靴音が夜闇にひびくが、私の足はコンクリートをさするような音しか出さない。私のつっかけているのは売店で買った入院患者用の白い室内履きなのだ。下から柔らかく吹き上げてくる風は、この季節にしては暖かい。

根津神社に着くまでの間、寺田寅彦と交わした会話はごく少ない。しかし気まずさとか居心地の悪さとかいった、委縮した自意識は全く感じなかった。何かつかみがたい浮遊感のようなものが私を運んでいたのだ。

「きみ、柿の種は好きかね?」

「ええ、食べたいですね。でも、ピーナッツの入ってないほうが好みです」

実のところ、私は柿の種を食べたいなどと思っていなかった。寅彦に訊ねられた瞬間、発作的に食べたいと感じたにすぎない。しかし、だから、それがどうしたというのか、と私は思うのだが、寅彦は何も言わない。かなりたってから、「柿の種は、渋柿に限るよ」と呟いた。柿の種違いだ、と私はすぐに誤解に気づいたが、あえて訂正はしなかった。

道すがら、言葉を交わす機会はそれでおしまいかと思ったが、もう一回あった。最初、私のほうから話しかけたのだ。

「暗くてはっきり判らないのですが、今日は無地の鶯茶色《うぐいすちゃいろ》のネクタイを締めていますか？　石油ランプもそうですが、東京中を探して、やっと手に入れたのですよね」

寺田寅彦は相変わらず背中だけを見せたまま、何も応じようとはしない。そして今度も、やや時間がたってから、誰に言うともなく口を開いた。

「震災の火事の焼け跡なんだが、鉛丹色《えんたんいろ》のカビのようなものが、焦げた木の幹に生え始めて、しかもすごい速さで木という木に増殖していったんだ。その丹色《にいろ》が、散乱した煉瓦や電柱の赤さびにとても映えていたのを思い出した。三、四日過ぎると草木に細い若葉が吹き出したが、その前に、あらゆる生命が焼き尽くされたと思っていた焦土で、命の芽吹きの先駆者が、その赤カビだった」

たぶん近道なのだろう、不忍通りから、左の路地に入った。私の底の薄い室内履きが荒れた路面を踏んでいく。足裏がじかに凹凸を拾う違和感で、歩みが遅れがちになった。そんなことは意に介さず、寺田寅彦は先に進んでいく。追いつこうとすると足がもつれ、両手ばかりが大きく揺れ、暗い空気をかき混ぜる。

夜がふけているが、根津神社の境内にある料理屋、寅彦がよく使う言葉だと旗亭《きてい》から明かりが漏れている。明かりのなかに身を置くのは気が引けて、私は玄関口の植え込みの脇に立っていた。池の近くで、灰色の塊となった猫がこちらを窺う。

料理屋の座敷から若い男たちの声が聞こえる。声ではなく、その話しぶりに聞き覚えがあるのだが、思い出せない。おかしなことに、ついさっきまで、このことを思い描いていたはずなのに、いま思い出そうとしている自分の姿それ自体、記憶の隅にあった光景に思えてしまう。こうした二重底のような記憶の複合的事態は、驚くほどのものではないが、当の男たちの声はどこから来るのか考え始めると、たちまち怪しい気分がこみあげてくる。ふと思うのは、寺田寅彦その人が腹話術のように声を使い分けているのではないかという疑いだ。しかし寅彦はどこに消えたのだろう。

どこか境内の樹から、フクロウの鳴くのが聞こえてきた。

「フクロウが鳴くね」

と若者の一人が言った。

「フクロウが鳴いているね」

と誰かが繰り返した。

するともう一人が言った。

「いや、あれは違う。フクロウじゃない。すっぽんだろう」

戯れの声ではない。真剣な口調だ。

しばらく、沈黙が続いた。それでも仲間の一人が言い返した。

「でも、きみ、すっぽんが鳴くものかね」

「だって、なんだか鳴きそうな顔をしているじゃないか」

皆は声を放って笑ったが、明らかにその男だけは笑っていないことが判る。

彼はそう信じて疑わないのだ。

私は笑いをこらえて耳を澄まし、鳴きそうな顔をしたすっぽんを思い浮かべた。

さっきまで猫のいた池の近くの暗がりあたりから、別の声が届いた。いや、私の背後の藪《やぶ》かも知れないし、北側の門のほうから地を這ってきたようにも思える。姿は見えないが、声の主はどうやら寺田寅彦らしい。

「私も笑ったことは確かだ。だが、よくよく考えてみると、さっきやはり、すっぽんが鳴いたのだと思う。過去と未来を通じて、すっぽんがフクロウのように鳴くことはないという事実が科学的に証明されても、今夜、この根津権現神社の境内で、たしかにすっぽんが鳴いたのだ」

それきり声が消えた。若者たちの笑いも話し声も聞こえない。

ほーう、ほー、とすっぽんの鳴き声だけが、夜闇の境内に響いた。

翌朝、ベッドの下に脱ぎ捨ててある室内履きは、紙屑みたいに折れ曲がり、土埃《つちぼこり》で汚れていた。

これまであまり顔を見かけたことのない若い看護師が、夜勤明けの交替の挨拶に現れた。

「よかったですね、ぐっすりお休みになっていらしたみたいでしたから。では、私はこれで失礼します」

「そうでしたか」

と私はちぐはぐな気分で答えた。

4

退院後、神田川の御茶の水橋を渡ったときに気づいた。いまならあの熱にうなされながら見た幻妖たちの正体を語ることができる。

寺田寅彦が油絵で自画像を描いているときの思念。鏡に映る自分の顔を見ているうちに、ふと亡くなった父親が覗いているような気がする。あるいは自分の会ったこともない祖先の顔が現われているように思えたりする。そうした連想の流れの中で、こんなことを思うのだ。

われわれの祖先を千年前にさかのぼると、今の自分というのはその昔の二千万人の血を受け継いでいる勘定だそうである。そうしてみると自分が毎日こしらえているいろいろな顔は、この二千万人の誰かの顔に相当するかもしれない。こんな事を考えておかしく思ったが、同時に「自分」というものの成り立ちをこういう立場から、もう一度よく考えてみなければならないと思った。

（「短章その1」、『柿の種』）

なるほどそうだとすれば、「自分」は「ただ無数の過去の精霊が五体の細胞と血球の中にうごめいている」存在となろう。

すると、どういうことになるのか？　病室の窓に次々と現れた怪異な者たちは、誰もが私の祖先なのかもしれない。白髪の乱れた老女も、表情だけは人間を感じさせる類人猿のような男も、力士を思わせる大男も、眼鏡をかけた坊主頭の人物も。

スライドショーのように目まぐるしく出現しては消える顔の氾濫の中で、私は恐怖を感じていたのだが、それは「五体の細胞と血球の中にうごめいている」祖先の精霊が人間の姿に戻って、私を励ましにきたに違いない。二千万人という数字が正確なものかどうかは、どうでもよい。おびただしい命の連鎖のはてに「自分」がいることは確かなのだ。その延々と受け継がれてきた命が、いま危機に瀕している。そこで、あの幽鬼、化女、魔魅《まみ》、変化《へんげ》に見えた人物たちが、長い歳月に傷んだ身を引きずりながら現われ、私に生の息を吹きかけて去ったのだ。私はほんとうに二千万人の亡霊に支えられたのかもしれない。

あれが物怪《もっけ》の幸いというやつか。私はあの夜の胸苦しい出来事に思い昂《たかぶ》らせながら、御茶の水橋を渡っていく。

II

なつかしい場所を訪ねてはいけない

1　マスク――小桜橋

一階の煎餅問屋から流れてくる香ばしい空気を潜り抜けて階段を上がり、G書房の事務所のドアを開けたとたん、笑いがおこった。

「ちょうど、噂をしていたところなんですよ」

眼鏡をはずして額を拭きながら佐伯社長が言った。社員が三人だけの小さな出版社である。それぞれ机の位置を壁際まで離し、来客用のソファーは風通しのよい出入口の近くにあった。サイドテーブルには刊行されたばかりの『手を洗う――洗浄と清潔の文化史』と絵本の『せかいで、いちばん長いおはなし』が積んである。

佐伯さんを含め、なぜか全員が同じような先のとがった黒いマスクを着け、私はカラスの群れに見つめられている気分だった。

「失礼しました、さっき背筋がひんやりするような体験をしたばかりで、きっと中村さん好みの話だろうと皆で言ったとたん、ドアが開いたものですから」

「怖い体験？　せっかくですが、私は気味の悪い話とか物騒な話にはとくに関心がありませんよ」

「もちろん、承知しています。でも、お書きになった小説、たくさんゴーストが現われるじゃないですか」

「いや、ゴーストじゃなく、生身の人間として登場させているだけですよ」

「そう、まさにそのような体験をしたばかりなんです」

好奇心が動かないこともなかったが、私は長い話を聞くのが面倒な気分だった。理由はあってないようなものだが、何をするにも億劫《おっくう》な日がある。

「そうでしたか」

私の気のない返事に、ふくらみかけた風船の空気が抜けるような気配になり、皆は通常の仕事の態勢に戻った。

「で、どうでしょうね、例のプラン、ご意見をお聞かせください」

と佐伯さんが言ったものの、私は考えをまとめてきたわけではなかった。

「読者対象はどのあたりですか。それによっては、〈放課後の読書室〉というシリーズ名は無理があるように思います」

「そうですよね。平凡ですけど前の〈読書のプロムナード〉のほうが、いいかもしれません」

と企画の提案者だという女性編集者の三好さんが口をはさんだ。

「〈教養としての想像力〉なんてどうですか。迷い始めるときりがないですけど」

と私の応答は相変わらず明快さに欠けた。

「後からまた考えることにしましょう」

佐伯さんが皆を見渡してからノートを広げると、三好さんはパソコンのキーボードに手を置いた。私は中途半端な宿題の答えを披露するような気分になった。

「ひとつは、『ライトノベルをヘビィに読んでみる』というものです。もう一つはアンソロジーで、『批評の楽しみ――はじめて読む小林秀雄』、『スポーツ・マインドの文学誌』です。それと……」

続けて五つほどプランを出したところで、私は一息ついた。

社長の従弟にあたる営業担当の和田さんが立ち上がって窓の開きを大きくした。

遠く春蝉の鳴き声が聞こえたが、すぐ止み、幻聴を追うような気分だけが残った。

「書き手はどんな顔ぶれになりますかね」

佐伯さんは執筆者便覧を用意しながら訊《き》いた。

「社長、それは後にして、まずは内容からにしませんか」

「いや、両方合わせながら検討しないとね」

学習塾から転職してきたという若い編集者の服部さんの発言に、佐伯社長は短く応じた。

一時間ほど議論に付き合って、私は帰り支度を始めた。アンソロジーの企画はどれも消極的な成り行きだった。どうやら佐伯さんの失敗の記憶に関わりがあるらしい。

「前に勤めた会社で、『夜は誘う――怪異短編小説選』というアンソロジーを出したのですけど、あれこれ手間のかかった割に売れ行きは残念な結果でした」

それはアンソロジーという形式自体の失敗のためではないだろうと私は思いつつ、似たタイトルの短編集の記憶がよみがえった。

「題名ですけど、『夜はめぐる――マイナー怪異小説傑作選』とは違いますよね？」

「いや、別ですね。そんな本もあったのですか」

「かなり前ですけど、そのアンソロジーからヒントを得て妙な小説を書いた男がいるんです。タイトルは『夜の果て』というもので、新宿の西口超高層ビル街に異界が出現する話でした。地下街の秘密の通路を行くと、奥に砂漠が広がって、石油の出る徴候もあったりして」

「読んでみたいですね。長いものですか？」

「いえ、短編です。意見を聞かせて欲しいって、方々に掲載誌を送ったようですが、どこからも何の反応もなかったらしいです。その後、どうなったかは、はっきりしません」

「お知り合いですか？」

「志村邦彦といって、大学で講師をしていた人物です。何を教えていたのかな、一時期付き合いましたが、今は音信不通です。女房に逃げられてから引っ越しばかりして、愛知に転居した時を最後に、何となく疎遠になっちゃいました。もう二十年近くになるかな」

「中村さん、だめですよ、からかわないでください。志村邦彦って、ご自身が、だいぶ前に何度か使っていたペンネームですよね」

「ご存じでしたか。からかったわけじゃなくて、どうしても自分で書いたとは思えないんです。じゃ、誰がと言われると返事に困るんですね。書いたというより、誰かに書かされた感じもあって。だから、今も、なぜか他人事みたいにひょいと頭に思い浮かんできたんです。あの小説のことを思い出すと、無性に不穏な気分になって落ち着かなくなるし。それと対になっている『黄昏の果て』という小説も同じです。しかし、二作とも、雑誌はもちろん、原稿のデータもどこにあるのか判りません。フロッピー・ディスクの時代ですからね。磁気も消えているでしょうし」

「雑誌に載っているのでしたら、ぼくが探してきてもいいですよ。国会図書館でも大宅文庫でも」

服部さんがすぐにでも探しに行きそうな新人編集者らしい口調で言った。

「雑誌と言っても、同人雑誌みたいなものですから、簡単には見つからないように思いますよ」

私の要領を得ない説明に、佐伯さんもにわかに興味が薄くなったようで、話題を変えた。

「さっきの二つのアンソロジーですけど、夜だとか怪異だとか、ゴシック的なモチーフが共通していますね。今日、私が出くわした出来事は、闇どころか真昼の陽ざしのなかの怪異でしたが」

「白昼のミステリーですか」

と私がやや冗談口調で言ったことが一瞬の弾みとなって、佐伯さんは話し始めた。

——いつも江戸川橋駅からここにおいでになるようですが、茗荷谷駅からの道はご存知ですか？　ええ、そうです、滝沢馬琴の墓があるのは深光寺ですね。その近くの林泉寺に寄られたことはありますか、「縛られ地蔵」で有名な。いや、私も初めて行ってみたんです。聞いていたとおり、たくさんの人が願掛けをして、荒縄でぐるぐる巻きのお地蔵さんでした。私も縄を一本お借りして、願い事をしてきました。叶《かな》ったら、解《ほど》きに行くことになっています。何を願ったかは秘密です。

で、縄を結び終わった頃合いでしたが、背後に人の近づく気配を感じて振り向くと、痩せた蒼白い顔の外国人男性が、会釈をするのです。着古した作務衣《さむえ》の姿でした。

「ネガイは、みのりましたか」

と口ひげが大きく動き、聞き取りやすい日本語で話しかけてきました。

「いえ、縄を結んだばかりですから、あなたは？」

「いえ、それはムリです。早く故郷のシチリアに帰りたいと願っているのですが」

「ああ、イタリアの方ですか？　まだ渡航禁止ですからね。早くコロナウイルス騒ぎ、収まってほしいですね」

それには答えず、驚いたことにいきなり逆立ちをして、両手両足を開き、いびつなXのようにも、×のようにも見える姿勢を作ったんです。

「とても狭いところにいるので、時々こうして全身に血をまわしているんです」

と逆さまの紅潮した顔が言いました。私は呆気にとられ、見ているだけで血が逆流し、苦しくなりましたが、我慢の限界を試すようでなかなか止めません。

「もうそろそろ、いいのではないですか」

私はいたわしい気分で男に身を寄せながら言いました。すると宙で下半身を半分に折り、反動をつけて姿勢を戻しました。

「驚かれたようですね。シチリアの古い踊りのリズムを頭の中で口ずさむと、長く耐えていられます。十六世紀のシチリアーノの舞曲です」

「シチリアーノですか……」

私はどのように応じていいか判らず、立ちすくんでいました。瞬間、男はいきなり大きなくしゃみをしたんです。マスクを着けていないものですから、まともに飛沫《ひまつ》がこちらにとんできました。

男は詫びを言ってそのまま立ち去ろうとするので、今後の感染のことを考えて、名前と連絡先を書いてもらいました。電話はないというのです。

問題はこの後です。名前は漢字で志戸一とありました。住所は文京区小日向一―二四―八です。どこだかわかりますか？　江戸時代に切支丹屋敷があった場所です。異教徒弾圧の番所兼牢獄で、志戸一なんて書いたけど、シドッチというイタリア人宣教師で、新井白石が尋問して『西洋紀聞』を書いたんです。一畳ほどの牢屋に入れられ、獄死しました。四年前、集合住宅を建設するために発掘調査をしたら、この宣教師の遺骸が出てきたんですよ。

「佐伯さん、真っ昼間から幽霊にお会いになったというわけですね。でも、たいして怖い話でもなかったですね」

と私は軽口をたたいた。

笑いがおさまると、ふたたび遠くで春蝉の声が聞こえ、またすぐに消えた。

打ち合わせが終わってから、私は帰路を茗荷谷の方向に変え、切支丹屋敷跡に立ち寄っていくことにした。

跡地は真新しいマンションが建っていて、特別な感慨もなく行き過ぎた。私は切支丹坂を下り、地下鉄丸ノ内線のガードを抜けて、庚申坂を上がって帰るつもりだった。ところが、ガードの薄闇を出たとき、見慣れた神田川の光景が広がっていた。来たときに渡った小桜橋もある。上空から俯瞰《ふかん》した地形を思い描いてみた。どうやら小日向台地と小石川台地が南北反転した地象になったらしい。

私は動揺を覚え、マスクを外して息を整えたとき、背後に人の気配を感じた。振り向いてはいけない。瞬間、風が湧き、マスクは川に落ちていった。

それに合わせるかのように、橋の下からおびただしいマスクが現われ、川面を白く染め尽くし、流れに逆らって一斉に上流へ向かって動いていった。しかし、目を凝らすと陽炎《かげろう》のように消え、首都高速道五号線の橋梁《きょうりょう》の隙間から夕陽が射しこみ、川面は銀色の光が揺らめいているだけだった。

2　芭蕉とクリストフォロス異聞——駒塚橋

渡し守クリストフォロス伝説は、ライン川沿いの町を中心に、ヨーロッパではよく知られている。今では旅と交通安全のお守りとしてフィギュアにまでなっているほどだ。日本では芥川龍之介の短編小説「きりしとほろ上人伝」の原話である。

伝承のバリエーションは多くを数えるが、短くまとめれば次のようになろうか。

昔、ラインの岸辺の村に、図体がとびきり大きく、陽気で力持ち、しかし頭の働きは良いとは言い難い少年がいた。誰にでも親切で村人の人気者だった。少年は勇者に憧れ、この世で一番強い人に仕えたいと願っていた。しかし大人になり、権勢を誇る王様の家来になっても諸国を巡り歩いても、真の強者に出会うことはなかった。

いつしか歳をとり、故郷のラインの村に帰った。橋のない急流の川辺に小屋を建て、対岸に行きたい人のために渡し守になった。もはや顎《あご》と頬《ほお》に白いものがまじっているが、力強く旅人を背に負って川を渡る。

ある夏の大嵐の夜のこと、小さな男の子が戸を叩き、「おじさん、おじさん、向こう岸に渡しておくれよ」と呼びかける。どうしても渡らなければいけない用事があるらしい。激しい風雨にいったんは断るが、必死に頼むので老渡し守は、男の子を肩に乗せ、川を渡り始める。最初は羽根のように軽く感じる。ところが濁流を進むにつれて、男の子はだんだん重くなっていく。まるで巨大な岩のように重い。全身に力をこめて歩むが、遅々たる動きで、苦悶の声を発し気を失いそうになる。

朝陽が射すころ、ようやく岸に辿りつき、男の子は肩から飛び降りて言う、「キリストをになう者、クリストフォロスよ、お前は、私を背負い、この世界の重荷をになってくれた」

それから男の子は、クリストフォロスに十字を切って祝福し、急ぎ姿を消した。渡し守は杖にすがって立ち尽くしたまま息絶えた。

教会や博物館にある聖クリストフォロス像が、幼子キリストを肩に乗せ、杖を手にした姿なのはこうした言い伝えを背景に持つ。私自身かつてドイツのケルンの大聖堂、スイスのベルンの博物館の巨大なクリストフォロス像に魅入られ、長い時間たたずんでいたことを思い出す。

このライン川の渡し守クリストフォロス伝説とよく似た話が東京の神田川にもあるという。私はこれを松尾芭蕉から聞いたばかりだ。

数日前の明け方、私は芭蕉に会った夢をみた。どこでか？　板橋区徳丸の蕎麦屋「爽風庵・槙」である。東京都有形文化財「旧粕谷家住宅」の敷地にあり、仕事の帰りによく立ち寄ったが、残念ながら四か月前に廃業してしまった。ところが先日通りかかると、珍しく暖簾《のれん》がかかっていたのだ。

夢の中にいながら「これは夢なのか」と疑念が空回りしているうちに、目覚めの岸辺へ身が放り出され、ふいに呪縛が解けて虚空に眼を見開き、しばし茫然とする。ところが、現実に戻ったと自覚したつもりが、なおも夢の続きだったりする事態も珍しくない。

閉店したはずの板橋区徳丸の「爽風庵・槙」に暖簾がかかっている理由は判らなかったが、おそるおそる入ってみると、検温装置が据えられ、青ランプが点いた。

店内では青い作業着のような服を着た大勢の男たちが、マスクをしたまま蕎麦を食べている。そのマスクは箸を口に近づけると自動的に真ん中あたりが開き、遠ざけると閉じる。便利そうなマスクだといたく感心したとたん、いや、これは夢なのだと自分に言い聞かせる声で目が覚めた。

ここで我に返ったはずだった。ところが男たちの中から、痩躯《そうく》だが屈強そうな中年男が私に近づいてきて、野太い声で言った。

あなたが関心を持っているクリストフォロス伝説に似た話は、神田川にもあるのです。芥川龍之介さんも聞き及ぶことのなかった言い伝えだと思いますよ。よろしければ、私がご案内しましょう。

それは、ありがたい。ところで、あなたは？

松尾宗房と言います。俳号は芭蕉。いまは、神田川改修工事の現場監督と勘定方をしています。では、まいりましょうか。

松尾芭蕉が芥川龍之介の名を口にするのは意外だった。神格化された芭蕉への正岡子規の痛切な批判はよく知られているが、芥川龍之介もまた「彼は実に日本の生んだ三百年前の大山師だった」と言っているからだ。

ご心配は無用に願います、と芭蕉は私の心中の独り言を聞き取ったかのように応じた。ありがたいことですよ、『悪党芭蕉』という私自身が大いに刺戟を受けた会心の評論を書いてくれた人もいますが、すべてに感謝です。裏返しの賛辞とも考えられるわけですし。とにかく、偶像化されるほど居心地の悪いことはありません。あちこちに建っている句碑、あれを見たくないばかりに、私はもはや旅をする気にならないのです。

店を出ると、右手に暗い木立の覆う急坂があり、下った先に川面が光っていた。何度か足を運んだことがある文京区関口の胸突坂だ。芭蕉庵と水神社があり、駒塚橋に続く。板橋区の徳丸から文京区の関口への時空の転移にとりたてて不可解な思いはなかった。

芭蕉を名乗る男は軽い身のこなしだが、足運びには慎重で、橋の中ほどでいったん立ち止まった。同時に、つむじ風が川辺に舞う桜の花びらを吹き上げてきて、私たちの体に巻きつき、背後に過ぎていった。桜吹雪の到来に合わせるかのように、芭蕉は話し出した。

今から四百年ほど前の元和の年、ここから少し川上寄りの出来事だった。春の嵐が続き、神田川が増水して、このあたりに唯一かかっていた小橋も流された。見張り小屋も強風で危うく屋根を失うところだった。

二日目の深夜のこと、小屋の扉をたたく音がする。見張り番だった惣吉という年寄りが応じると、年のころ八、九歳の小坊主が、ずぶ濡れの僧衣の胸のあたりに大事そうに薬袋をかかえて立っている。

「おじさん、川を渡しておくれよ」

と少年は必死に訴える。

「こんな嵐の川なんぞ、渡れるわけがない、無理をお言いでないよ」

惣吉は断ったが、小僧は引き下がらない。聞けば、安楽寺に身を寄せた病に苦しむ老若男女を救うため、導師様の代わりに品川の薬師のもとに丸薬を取りに行った帰りだという。

あまりの懸命な訴えに、惣吉は小僧を肩に乗せ、意を決して濁流に足を入れた。いきなり体を流されそうになり、うつむきで用心深く水圧を回避しながら前進するが、一足運ぶにも身がこわばり、遅々たる動きにしかならない。しかも進むにつれて、小僧はだんだん岩のように重くなっていく。惣吉は喘《あえ》ぎ、疲れが全身を襲う。ようやく夜明けとともに岸に辿り着いたとき、力尽きてしまった。

小僧は惣吉の頬に手を当てがい、短く念仏を唱えてから、目を閉じて川辺に立つと、たちまち疾疫払いの童子のお地蔵様になった。惣吉の遺骸は故郷の板橋郷徳丸の寺に送られ、丁重に葬られたという。

ところで、あなたはどこでこの話を知ったのですか、と私は芭蕉に訊ねた。

俳人は何も答えず、「さまざまの事おもひ出す桜かな」と呟きを残し、煙のように消えた。

季節がやや進み、私は板橋区徳丸の江戸の古民家を訪れた。店舗のあった場所は更地となり、工事車輌が止まっているものの人影はない。若葉の照り映える陽射しが眩しい。空地のかたわらには、藤の花が咲き初めていた。

夢の跡にしては、明るすぎる。この照り輝く春の光景は、スクリーンに映し出された映像に思えた。ここだけが明るく、まわりは暗闇が包んでいる。陽光が降りそそぎ、藤の花が咲き出している目映《まばゆ》い情景は、広大な闇の一隅なのかもしれないと思った。

3　日比谷公会堂と靴下と――豊橋・仲之橋

日比谷公会堂が私の遊び場だったことがある。

市政会館と一体化したユニークな建物だが、軟弱な土地のために「お化け丁場《ちょうば》」と呼ばれ、基礎工事だけで二年間かかった。

私がそこで遊んだのは、建物の完成からおよそ二十年後、六歳の誕生日をはさんだ昭和二十六年の春から夏にかけての短い期間で、毎週金曜日に限られていた。

日比谷公会堂につながる南側の市政会館には、当時、共同通信社と時事通信社が入っていた。週に一度、母は玄関ホールの脇を借りて社員相手に靴下の売店を出していたのだ。小さな売台を地下の収納庫から運び出す手伝いが私の最初の役目だった。

「いらっしゃいませ、いらっしゃいませ、くつした、くつした」

母の脇で店番をしながら、人が通るたびに呼び込みをすると得意な気分だった。

「静かにしてなさい。黙って、お客さんが来るのを待っていればいいの」

と母にたしなめられてから、私はしだいに売り場を離れ、一人で遊びまわるようになった。

母が両通信社の玄関ホールで靴下の売店を出すまでの経緯をたどるには、細々した事実に立ち入り、遠回りしなければならない。億劫《おっくう》な気分はともかくとして、はたして首尾よく思い出せるかどうか……。アメリカに亡命したあるロシア作家の自伝のタイトルを借りて、スピーク・メモリー（記憶よ、語れ）と呪文をかけてみる。記憶の糸口をうまく引き寄せれば、忘却の淵に眠っていた出来事が姿を現わすかもしれない。


日比谷公会堂が遊び場となる二年前にさかのぼる。

私たち家族は結核に罹った父の療養のために函館へ転居し、叔父の家に身を寄せた。しかし特効薬のストレプトマイシンができる前のことで、父は四十二歳で病没した。母は三十七歳、姉は十四歳、私は五歳、弟は三歳だった。

父は同盟通信社の政治部記者で、海軍省記者クラブ黒潮会に属し、中国、シンガポール、パプアニューギニアあたりまで取材し、『太平洋と列強海軍』、『国家の興亡と海上権力』などを出版する海軍力の情報に通じた記者として多忙の日々を送っていた。

戦後、同盟通信はGHQの業務停止命令で、共同通信と時事通信の二社に分かれて再出発することになった。両通信の社屋は同盟通信と同じ場所を引き継いだ。

父の場合、どちらの通信社にも残ることはできなかった。著書が戦争協力の原拠として引っかかったのだ。その後、弁明書を書き、戦犯の嫌疑は免れた。復職する機会もあったのだが、それを選ばず、名取洋之助の『週刊サンニュース』に参画し、資金を投入した。母の実家が高円寺駅近くの土地を処分して作った金である。しかし経営の専門家が社内にいなかったことがたたり、数年で倒産し、無一文になった。

父は懇意にしていた荻窪駅前の竹中書店に相談し、古書店を始める覚悟をしたらしい。この竹中書店だが、父より少し若かった先代のNさんから、一九七〇年代に折に触れて父の思い出話を聞いた。今は岩波文庫から『地震・憲兵・火事・巡査』としてアンソロジーの出ている、奇行と奇文で知られた民衆派の弁護士・山崎今朝弥の文章をひそかに愛読していたという意外な側面もNさんを通して知った。若いころ、牧師を志して池袋にあった聖公会神学院に入り、アメリカ人宣教師と樺太まで布教に行くほどだったが、棄教してジャーナリストに転じた経歴なども合わせ、父の人物像は多面的で摑み難い。

古書店の開業まで考えた父だが、NHKの政治記者として新たな職を得ることが決まった。ところが、入局直前の身体検査で結核が見つかり、治療に専念する事態になった。

翌年、父が亡くなり、母は函館でイカの天日干しや競輪新聞の売り子などをして生活費を稼ぐ一方、私が小児結核に罹り通院の苦労が加わった。病院で臭みの強い茶色の水薬を飲まされるのに抵抗し、母をてこずらせたのだが、結果的に私の病は癒えた。どのような経過を辿って治ったのか記憶になく、母から聞きそびれた話の一つだ。

函館では安定した仕事がなく、母は東京に戻って求職することに決め、まず私だけを連れて、母の弟である叔父の住む荻窪の借家に戻った。運輸省航空局の無線技士である叔父は、結婚して間がなく、新妻の叔母と上野駅に迎えに来てくれた。叔父は私を抱きしめ、「大きくなったなー」と何度も言うのだが、この人が誰なのか、なかなか私は思い出せなかった。

叔母は母のみすぼらしい姿を見て泣き出してしまった。ほとんどボロ同然のワンピースに、衝撃を受けたのだ。母と叔母はアメ横商店街に着替え用の服を買いに行き、残った二人はベンチで待っていた。「よく帰ってきた、よく帰ってきた」と叔父は繰り返し、頭を撫でてくれるのだが、私は眠気と疲れでほとんど何もしゃべらず、空腹もあって不機嫌だったらしい。

連絡船をへて、青森から上野までの車中、母は持ち金がなく、弁当を一つだけ調達し、私に二回に分けて食べさせた。同じ座席にいた初老の男性が、状況を察し、林檎を一個母にくれた。後年、この帰京のいきさつを話す際、母は「これまでの人生であれほど美味しい林檎は食べたことがない」と必ず付け加えた。仙台を出たあたりだったそうで、母にとってはこの都市の名は林檎のイメージと結びついている。母と林檎をめぐるエピソードはいくつかあるのだが、これは最も古い記憶に属す。

生まれて初めて本格的に勤め始めた母の仕事は、靴下の染め物工場の雑用だった。豊島区高田、神田川の豊橋の近くで、当時は川の周辺に染め物屋が集まっていた。保育園などない時代で、母は私を連れて荻窪から東中野へ出て、ボンネットのバスに乗って職場に出かけた。工場の畳敷きの休憩所で、昼寝をしたり、都電の絵を描いたり、近所を徘徊したり、あまり退屈した記憶はない。ただ、「川には近づいちゃいけないよ」と大人たちから毎日のように注意された。

後年、上流の久我山や水源の井の頭公園が遊び場となったり、高井戸の神田川に隣接する都営住宅に長く住むことになったり、恩師の哲学者K先生の住まいが幸福橋の近くにあったり、神田川となじみの数多くの出来事を経験することを思えば、このときの「川には近づいちゃいけないよ」という繰り返し聞かされた言葉には、反語的な意味を感じないこともない。

この注意をおとなしく守っていたわけではない。川沿いを進み、甘泉園公園あたりまで遠征した帰り、仲之橋の上で小学校の上級生の集団が、猫が泳げるかどうか議論していた。一人の少年の腕にはトラ猫がいた。子猫だったような気もするが、はっきり覚えてはいない。私はこの話の結末がどうなるか、大いに関心を持って聞いていた。すると当の少年が、猫を川に放り投げた。悲鳴のような歓声のような叫び声が上がった。このとき、一番橋から身を乗り出して川面を覗きこんでいたのは私だったと思う。背丈が足りないので橋桁によじ登っていたからだ。

猫はいったん沈んだが、浮き上がり、犬かきと同じスタイルで泳ぎ、流れに乗って葦《あし》の茂みに勢いよく這い上がった。

「ネコはさ、ちゃんと泳げるよ」と私は工場に帰ると得意気に報告した。当然、詳しい話をすることになる。そばにいた同僚の女性たちから憤慨の声が上がり、母はすっかり動揺して、私が加担したのかどうか確かめもせず、叱声《しっせい》を発した。

母は車中でも険しい表情を崩さず、帰宅するなり、父の遺影と位牌の前に私を正座させ、線香をあげてから、「お父さんに、謝んなさい」と強い調子で言った。猫が可哀そうだとか、むごい行為だとかいった思いも、工場のおばさんたちや母の怒りなども頭を素通りして、ただ猫が泳ぐかどうかの結末だけに関心が残り、葦の川敷に這い上がり身を震わせて水を切った、トラのしなやかな動きの映像が何度も浮かんでは消えた。

小学校のクラスメートと一緒に青大将を竹ぼうきと熊手で押さえつけている現場を母に見つかったときを始め、父の遺影と位牌の前に坐らされて謝罪するセレモニーを少年時代に繰り返したが、いつも当事者意識は希薄で上の空だった。ただ、正座して畏《かしこ》まっている間だけは、不在の父親がありありと顕現《けんげん》する感覚があり、母のもくろみはそれなりに達していたのだろうと思う。

こんなこともあった。あるとき、工場の近くで首からカメラを提げた青年に呼び止められ、写真を撮ってあげると言われて、素直に応じた。名前を聞かれ、住所は言えずに工場を教えると、後日、青年が出来上がったポートレートを持って現れた。母は高額の代金を請求され、途惑った。工場主が話に加わって、男に声を荒らげると、母は「この子の写真は、二歳から一枚もないので、ちょうどよかったです」とお礼を言って支払った。すると、青年は私たち親子を表に誘って、料金は要りませんから、とツーショットの写真を撮り、数日後、二人そろって眩《まぶ》しげに微笑むポートレートが工場に届いた。

一枚目の写真の私は、サイズの合わない、継ぎはぎだらけの服を着て、どこから見ても浮浪児の姿だ。父母にまつわる遺品を見て、胸が詰まり、感傷的な気分がこみあげてくることなど、ほとんどないが、この二枚の写真だけは例外だ。もしこれに加えるとすれば、父の遺した「荻窪↕有楽町」の最後の通勤定期券で、昭和二十五年六月までの有効期限の印字がある。

工場から近い早稲田大学の構内もよく遊びに行った。もっぱら木登りをしたが、大らかな時代と言うべきであろう、子どもが学内をうろついていても、とりたてて咎《とが》められることはなかった。それどころか、いつも同じ場所にたむろして煙草を吸っている学生とおぼしき三人組と親しくもなった。

二人は学生服を着ていたが、一人はかなり年齢が下で、まだ大学生にはなっていなかったように思う。口数は一番少なく、黒っぽいジャンパーを着ていたことは、はっきりと覚えている。若者たちは、マッチ棒を使った遊びを教えてくれ、ノートの上にやぐらを組み立てたとき、私は大いに自慢だった。

しかしこの記憶には暗部もある。ある夕暮れ時、いつもの場所に黒っぽいジャンパーの青年が一人でいた。何度も想起の力を振り絞ってみるのだが、年頃は曖昧なままだ。六歳の子には、高校生も中学生もまだ区別ができない。マッチ棒を使った新しいゲームを教えてくれたものの、若者にいつもの朗らかな様子はなく、ぎこちない態度だった。子どもは、こういう変化に意外なほど敏感なものなのだ。ゲームの内容がよく呑み込めない。負けたらバツのおまけがあると、これも要領をつかめないままゲームが終わると、向こうの木の後ろで目を閉じて、十まで数えるように言われた。しかし、十までカウントが進まないうちに、たぶん震えていたに違いない男の手で、私のズボンがおずおずと引き下ろされた。まじかに生真面目な顔がある。私は驚きや恐怖心など感じる余地はなく、どのような未知のゲームが始まったのか、意味を追うのに精いっぱいだったが、それでも全身に張りつく羞恥心から、工場へ逃げ帰った。

　母には秘密にしていたのは、この羞恥心からだ。同じ場所にも二度と近づくことはなかった。どれくらい年数がたったころだろうか、この出来事を記憶の奥から甦らせたとき、漠然としたもどかしい思いがようやく意味に追いついて、強い嫌悪感が肌を這ってきた。

　意味を教えてくれたのは杉並区の福祉施設〈母子ホーム〉に入所した後、年長の少年たちだった。マッチ遊びの自慢話のついでに触れたとき、おまえはバカだと大いに笑いものにされ、そういうときは、鼻に向かって思いきり膝蹴りをくらわせろ、顎だと膝を痛めるから、軟骨の鼻づらが効果的だ、いいか、相手はしゃがんでいて隙だらけなんだから、しっかり鼻をねらえ、たいていのやつは鼻血が出るとひるむからな、と丁寧な身振りで伝授してくれた。私のように臆病な者を含め、〈ホーム〉の少年たちが殴り合いの喧嘩に強かったのは、こうした日常のおせっかいな教示があったからだ。

靴下工場と話し合って、毎週末に元同盟通信の社員に靴下を売りにいくことになったのは、ほぼこの出来事の時期だ。母はかつて父と親しかった記者の誰かと直談判したのだと思う。靴下はよく売れたと聞いたが、戦時中に一緒に働いた仲間の未亡人と遺児への同情のためだったことは明らかだ。母と一緒に店番をしていると、通りかかった社員にしきりと声をかけられたが、私は頭を撫でられることが大嫌いだった。

もちろん、父は誰からも好意的に見られる人物ではなかったはずで、母が「短気にも節度というものがあるはずなのに」と語っていた逸話がある。朝から忙しく取材をして昼過ぎに会社へ戻ると、記者たちが久しぶりに築地で手に入れたマグロの刺身を囲んで賑やかに酒盛りをしていた。それに腹を立てた父は、その貴重な酒のつまみを窓から放り投げてしまった。「食糧難の時代なのに、あれにはひどい恨みを買ったと思う」と母は言い、荻窪の駅から夜道を帰宅中、暴漢に襲われた話も付け加えた。剣道の心得があったので、杖を振って撃退したものの血だらけの顔で戻った。母が驚愕していると、「相手は見当がついているから、警察にもどこにも話すな」と口止めされたという。この話を聞いてから、日比谷公会堂に行く際には、市政会館の周りを歩きながら、どのあたりの窓からマグロが投げられたのかとビルを見上げたり、荻窪の太田黒公園前の道を散策するときには、暴漢が待ち伏せしていた物陰はどこかといった具合に、あたかも時効になった犯行現場をわざわざ検証するような取り留めのない気分が動いたりする。

通信社の社屋で遊ぶにしても、さすがに記者室に入ることはなかったが、玄関ロビーはもとより階段を上から下まで駆け回った。とりわけ好奇心を募らせたのは地下室で、謎めいた部屋がたくさんあった。モーター音が低くうなる機械室とか、当時は何の道具か判らなかったタイプライターの廃棄された倉庫や、仮眠室もあった。

一番スリリングだったのは、地下通路を進み、一階へ上がる階段を行くとさらに細い通路があり、そのまま上にのぼり重い扉を押すと侵入できる、日比谷公会堂につながる経路だった。舞台にまで辿り着いたことがあったが、誰も座っていない薄暗い座席の広がりに恐怖を覚えて、一度だけの探検となった。ここでもまた、子どもがうろついていても見咎められることがなかったのは不思議だ。何かの導きで私は幼い亡霊となり、見えない存在だったのかもしれない。

やがて通信社での靴下販売は終わりになった。叔父が「同情を買うようなやりかたは、お兄さんのためにも、やめたほうがいい」と強く反対したためだ。口論になったときのことをよく覚えているのは、その日の母の夕食が梅干し茶漬けで、私は心が痛んだからだ。ふたたび言うが、子どもは大人の想像以上に多くのことを察知しているものである。

いずれ記す、母子ホームの共同生活の時代になるのは、ここからおよそ四年後である。

時は一挙に飛び、二十六歳の冬、日比谷公会堂で、ロリン・マゼール指揮のベルリン放送交響楽団、ＴＤＫ主催の抽選による招待の特別演奏会があった。ところが、珍しい事態なのだが、開演がリハーサルを理由に一時間遅延になるとアナウンスがあった。確かに楽屋からは、練習の音がする。後から知ったのだが、当日の昼に松本で公演があり、移動の遅れている楽団員がいたのだ。リムスキー・コルサコフの「シェヘラザード」とブラームスの交響曲第一番という松本と同じプログラムのはずだったが、ブラームスだけになった。マゼールは天才と称されるものの、とりわけマーラーの演奏に顕著なように評価の分かれる指揮者だが、私は当時から癖のあるテンポの動かし方や細部の音色への拘《こだわ》りに心惹かれてきた。しかし、残念なことにこの日のブラームスの演奏がどうであったか、ほとんど印象がなく、メモも残っていない。おそらく、開演前に一瞬なりとも幽明の境に身を浸した私自身の行動に原因があったのだろうと思う。

開演を待つ間、何かに衝き動かされるまま、私はかっての記憶を頼りに、市政会館との間にある東側の小さな出入口から、仄暗い通路に忍び込んだ。黴臭い湿った空気に覚えがあった。静寂の広がる長い通路が続き、奥は闇が濃い。その闇を透かして人影が近づいてきた。先頭は白いバスケットを持った少女、次が半ズボンに編み上げ靴の少年、そしてソフト帽をかぶったスーツ姿の父親、最後は幼い男の子を抱いた和服の母親。私が声をかけようとした瞬間、行列の順番どおりに一人、二人と壁に吸い込まれ、姿を消した。

一九七三年二月二日（日）夜、七時三十分頃の出来事である。

4　あの望遠鏡が欲しかった――宮下橋

一九五〇年代、鎮守の森の縁日にまつわるある小学生の出来事だ。

五〇年代とは、四〇年代の戦争・戦後の動乱の時代と六〇年代の社会全体にわたる烈しく沸騰する時期にはさまれた、束の間の長閑《のどか》と言えなくもない季節であった。

少なくとも景観的な意味で言えば、当時の東京の郊外は穏やかな最後の田園の姿があった。三輌編成だった井の頭線の久我山駅北口、現在サミット・ストアがある一帯は、神田川に沿って葦の原と田圃が広がっていた。神田川ではフナやタナゴ釣りをしたし、川の脇の崖から古代の土器が出た。川と交差する街道脇の「大金」という蕎麦屋は、力道山のプロレスのテレビ中継があると超満員となり、表まで椅子が並べられた。その蕎麦屋の反対側の丘を上って畑道を二十分ほど歩くと、山でもないのになぜか少年たちに「三角山」と呼ばれていた大きな森があり、それぞれの子がカブト虫やクワガタが集まる橡《くぬぎ》の木の情報をひそかに持っていた。

夕方に、これはと思う木の根元近くの樹皮にキズをつけ、砂糖水や西瓜の汁を塗りこんでおき、翌朝早く捕りに行く。なかには樹液に小便をかけておくという方法をとった子もいた。みんな自分の木に誇りを持っているわりには、樹液に群がるのは蛾とかカナブンの類が多く、ときに巨大なスズメ蜂だったりした。悔しまぎれに木を揺すると、頭上から蛇が落ちてきて悲鳴をあげたこともあった。

こうして過ごしていた小学校五年の夏、稲荷神社の夏祭りにいつもの「三角山」の仲間たちで出かけた。久我山駅から神田川を上流に向かって進み、宮下橋を渡ると右側の丘に鎮守の森が広がる。本殿の床下のやわらかい土に蟻地獄がたくさんあるので、私たちにはなじみの遊び場だった。屋台の店や露店を一通り見たあと、皆で香具師《やし》の口上に聞き入っている人だかりの中に入った。ぼんやりした記憶にあって、そこで売られていた品物と客寄せの野太い声調は鮮明に覚えている。

商品は二種類の望遠鏡だった。しかし精密な光学機器を思わせるようなものではなかったので、簡単に「遠眼鏡」と言うほうがいいかもしれない。両方とも特殊なレンズがはめ込んであって、これらの望遠鏡を使うと物がすべて透き通って見えるというのだ。すべての物といっても、多少は得意不得意があって、小さい方の望遠鏡は玉子の中身がはっきり見えると香具師は説明した。そして近くに立っていた中学生に、望遠鏡と玉子を手渡して実際に試させた。

「どうだ、ちゃんと見えるだろう?」と男はきいた。

目に望遠鏡をあてがったまま、その中学生は、「見える」と短く感嘆した声で答えた。すかさず香具師は次の望遠鏡の説明に取りかかった。「ここに、おまわりさんはいないでしょうね」と何度も言い、大げさに警戒する表情を混ぜながら、いかにも秘密めいた物を特別な計らいで売るのだといったように、もったいをつけてしゃべった。

「こっちのほうは、何が透けて見えるか、買った人だけにしか教えられない。でも、男なら誰もが一番見たいと思っているものだ。そういやぁ、わかるね、お兄ちゃん?」と香具師はさっきの中学生にきいた。

中学生はただ笑っているだけだった。私の仲間にも笑った者がいたが、私自身は何のことか、わからなかった。

最後に値段が告げられた。小さい望遠鏡が百円、大きい方がその三倍くらいだったろうか。当時の子どもにとっては大金で、買うにはそれなりの金策が必要である。そのあたりのことは承知しているらしく、今日買えない人のために、明日の同じ時間にもう一度来ることを男は約束した。そして最後にほぼ次のようなことを付け加えた。

――この望遠鏡は昔カメラ会社の研究所に勤めていた人が、渋谷の恵比寿というところにある古い神社の特別な力を借りて作った不思議な品物で、その人はもう相当なお爺さんだから、これからあと何個作れるかわからない。本当かどうか確かめたいなら、お爺さんを直接訪ねてもかまわない。恵比寿の神社の裏に住んでいるから、後で地図を書いてやってもいい。

帰り道、大きい方の望遠鏡は、着ているものがすべて透けて、女の裸が見えると仲間から教えられた。私はにわかに欲しくてたまらなくなり、その望遠鏡へのあまりに強い欲求と興奮で、なかなか寝つくことができなかった。

翌朝、私は母親にお祭りに行くお金が欲しいとおそるおそる言った。貧乏な家庭に、月極めの小遣いなどなかった。母親は五円玉貯金（五円硬貨だけを貯金箱に入れて貯めておいた）にかろうじて貯まっていた三十五円をよこした。私はこれではとても足りないので、三百円欲しいと言ってみた。

「そんなお金、いったい何に使うつもりなの？」

前日から考えていた通りに、「自転車。お祭りだと古いのが安く買えるから」と私は嘘を言った。

私が長年欲しがっていた自転車をいつまでも買えないので、母は気にかけていた。その朝の嘘は、古自転車をただで譲ってくれることを何度かほのめかしていた友達との交渉を当て込んだものだった。

「いくら中古でも、そんな値段で買えるわけがないでしょう」

と母は笑って取り合わなかった。私はわけの判らない涙が込み上げてきて泣きだしたものの、結局、私の手には七個の五円玉以上はふえなかった。

諦めきれない気持ちで、私は早めに神社に出かけ、香具師が来るのを待った。しかしなぜか、いつまでたっても姿を見せない。妙なことに、仲間の誰も来なかった。それでも私は夜まで待った。

夕食の時間がとうに過ぎた頃、目の前に険しい表情をした母の顔が現れた。そして鎮守の森の階段を下りかけたとき、母は「何か欲しいものがあった？」ときいた。

私は黙って首を振ったが、すぐに「お祭りじゃ売ってないけど、昆虫採集で使うピンセット」と答えた。

「あなたはいぬ年生まれなんだから、お稲荷さんとは仲良くできないのよ」

母がそう言ったのは、この時の帰りの夜道だったかもしれない。

祭りが終わって何日かしたあと、蟻地獄を見るため社殿の床下にもぐっていくと、妙な場所にゴザが敷いてあって、そばに蚊取線香を燃やしたあとがあった。何をするために作った場所か、仲間の一人が身体をくねらせながら見たような実況解説をした。未知の〈春〉の季節が少年たちに駆け足で近づいていたのだ。実際、その年が「三角山」のカブト虫や稲荷神社の蟻地獄に夢中になれた最後の夏だった。

あの買いそこねた望遠鏡は、いったい何だったのかと後年しばしば思い起こした。お稲荷に「いぬ年」の私がからかわれたのだろうか。たぶんそうに違いない。女の裸が見える望遠鏡が作られた渋谷の恵比寿という地名は大人になるまで久しく謎めいた印象があった。六十年以上たった今でも恵比寿のあたりを通りかかると、あの香具師が言っていた古い神社はどこだろう、と大きな木立がかたまっている場所に目がいくので、稚気のしぶとさに思わず苦笑してしまう。

5　この事件、語りえることはない――錦橋

櫟《くぬぎ》の藪の中で、小鳥たちの影が動いている。枝が揺れ、鳴き声とともにコゲラが二羽姿を現わした。そろって灰色の尾羽を振っている。

その日の朝、アパートの二階のベランダから、姫りんごの鉢植えに水をやりながら、私は神田川をはさんで左の傾斜面に広がる雑木林を眺めていた。

右手の川上には小さな橋が架かっている。錦橋という華やかな名を持つが、車両通行禁止の木製の橋である。前日の夕闇が濃くなる時刻、そこに佇む人影があり、煙草の火が二つ揺れていたが、やがてそれぞれ小さな弧を描いて水面へ落ちて行った。煙草の主である週刊誌と夕刊紙の記者に、私は失踪したSさんに関する情報提供を求められたばかりだった。

都営高井戸団地二十一号棟H番室、神田川沿いに建つ2DKのアパートに、私は十六歳の夏から三十歳を少し越えた頃まで（昭和三十年代終わりから昭和五十年代最初まで）、姉が結婚した後、およそ十六年にわたって母と二人で住んでいた。六畳と四畳の和室に、四畳半のダイニング・キッチン、水洗トイレ、風呂なし。洗面所はないので、台所のシンクを使った。私の部屋となった四畳の天井には、糸筋のようなひびが一本走り、地震が来るたびに崩落を警戒して上方をにらんだ。

入浴は三日に一度、三か所の銭湯を使い分け、たいていは団地の西にある富士見湯に出かけるのが長年の習慣だった。NHKの音楽バラエティー「夢であいましょう」が放映されている時期の土曜日は十一時近くになった。当時の銭湯は深夜十二時閉店で、のんびり過ごしていると店主の息子が清掃をはじめるのだが、いつしか親しく話すようになり、格闘技の話題で熱くなったりした。

風呂もない狭い都営第二種住宅であったが、それまでの杉並区立母子ホームの、隣の家族とは襖障子《ふすましょうじ》で仕切られただけの六畳一間、共同炊事場に汲み取り式共同便所の生活から比べれば格段に快適な住処《すみか》だった。都営一種住宅となると、母の収入では家賃の負担が大きすぎた。高井戸団地は築五年を経過していたので、当初のまま家賃据え置きで、空室の抽選倍率は高かったのだが、ホームの閉鎖に伴う措置で優先的に入居できた。

都営住宅よりも、さらに上級ランクが住宅公団のアパートで、そこに住んでいる友人がいたが、眩《まぶ》しいほど豊かに思えた。同じ団地でも、都営二種、都営一種、住宅公団と厳然たる階層があった。一戸建ての持ち家の住人ともなれば、ほとんど別世界の人々に等しい。

一九六五年頃までは、合鍵を持った管理人が存在し、私は鍵を持たずに家を出て、開錠の世話になったことが一度ならずある。管理人は家賃の徴収もしたし、場合によっては日常生活のトラブルの相談にまで乗ったのである。したがって、団地を舞台にした小説や映画で管理人が登場したとしても、創作上の事実の扱いとしては、何ら問題はない。それよりも、団地が公営住宅の一種か二種か、さらに住宅公団のアパートか否かによって、住人の生活上の差異は大きく、登場人物像の創作的設定に慎重な配慮を要するのだ。

この居住期間に遭遇した出来事は数多いが、ひとつだけ記す。

大学、大学院の六年間ほど一緒だった、Sさんの事件である。

Sさんの失踪騒ぎが起こったとき、すでに恩師に殺害されていることが疑われていた。「ネヴァ川からどこへ」（二七五頁）でも短く触れる「立教大学O助教授教え子殺人事件」として報道された出来事だ。もはや誰も覚えていないことだし、何をいまさらという思いがしないこともない。だが、私には記憶の奥から折にふれ立ち現れてくる場面がある。

報道が過熱していた秋の初めの某日。いつもより早く錦橋を渡って風呂屋に向かうと、一時間ほど前にもアパートの下で私を待ち受けていた、二人の男が話しかけてきた。女性週刊誌の記者を名乗る男が、「Sさんのこと、本当にご存じないのですか？　中村さんとは同級生だったんですよね。印象的な場面とか、覚えておられるエピソードなどありますか？　成績優秀な人だったそうですね」と同じ質問を繰り返してきた。私が黙って無視すると、もう一人の夕刊紙の記者が、「美人だったそうですね。中村さんから見て、どんな魅力のあった方でしょう。何かお写真でも、お持ちではないでしょうか？」という先の質問とは作戦を変えて、「教員が引き起こした事件となると、当然ですが、中村さんは、大学当局の責任を糾弾すべき立場だと思うのですが、どうお考えですか？」と痛いところを衝いてきた。

「詳しいことは本当に何ひとつ知らないんですよ。お役に立てず、申し訳ありません。もし後で何か思い出しましたら、先ほどいただいた名刺がありますから。こちらから連絡いたします」

多少とも丁寧に断ったのは、夕刊紙の中年の記者が、学生風の雰囲気を残し、消しゴムつきのちびた黄色のトンボ鉛筆で、ぎこちなくメモを取ろうとしている姿に好感を持ったからだ。こうした細部への共感から、うかつにも相手に心を許すことはよくあるものだ。それでも、私は語るべき事件の情報など何もないと、かたくななまでに思い定めていた。

前年の晩秋のある日、Sさんから相談事があると珍しく連絡があった。予期した通り、妻子のいるO先生との難しい恋愛問題だった。高井戸まで行きますというので、井の頭線の高架をくぐった不動産屋の二階にある喫茶店で待ち合わせた。甲府の旧家の生まれで、おっとりと落ち着き、ロングヘアの似合う、いつもお洒落な装いをしている人だったが、そのときの服装はどうであったか記憶にない。やつれた印象はなかったが、憔悴《しょうすい》した様子で俯《うつむ》き加減にテーブルを見つめ、声も細かった。話はおおよそ知っていたとおりの内容だった。Sさんはあらかじめ覚悟していたことがあり、それへの後押しの一言を誰かに求めているだけのように見えた。

私は話を深く受け止めて聞いていたはずなのだが、目の前のSさんの隣にO先生が寄り添っているような幻影に捉われ、あげくに二人が睦みあっている姿が明滅し、そんな自分の妄想の鬱陶《うっとう》しさに溜息を洩らした。それを気にしてSさんは、「ごめんなさい、心配かけちゃって」と謝った。そして私の前に新宿で会ってきた友人の名前を出し、心配のあまり泣かれてしまい、関係を清算するように必死に説得されたと呟き、「わかっているんだけど、でも……」と今度はSさんが溜息をついた。

悩みを訴える相談者がしばしば願うように、私も黙って話に耳を傾け、うなずくだけの相手をすればよかったのかもしれない。しかし、ふいに加えた一言がある。

「好きなら、とことん進む覚悟をするしかないよ。その先、どんなことが待ち受けているにしても」

記憶する限り、「先にどんな地獄が待っていようとも」とまでは言わなかったように思う。しかし言ったのも同然だった。自分で述べておきながら、経験の痛苦の裏打ちがあるわけでもない空疎な言葉に私はたちまち動揺した。相手が自分の発した言葉の浅薄さに気づき、気恥ずかしさや居心地の悪さを自覚しているように見えた場合、聞き手の方から気遣って、「そうかもしれない」などと応じたりすることがあるが、Sさんはそのような人ではなかった。何も言わず、冷たい表情で伊勢丹の買い物袋を引き寄せ、帰り支度《したく》を始めた。最後に席を立ちながら、「じゃ、中村君、とことん頑張ってください」と他人事のように述べた。私にはこの返答に呼応する紛糾した事態はまだなかった。しかし、帰り際の言葉の記憶は希薄で、思い出したのは何年も後のことだ。そのときSさんは、勘違いのふりをしていたに違いない。

面会したものの、Sさんも私も結局のところ何を考え、何を話し合ったのか釈然としないまま店を出た。それから一年もたたないうちに、Sさんは殺害され、O先生夫妻は幼い二人の娘を道連れに、伊豆の石廊崎で投身自殺をした。

受けた衝撃は大きかった。ところが心の奥に重く抱えこんだ事件のはずなのに、まさしく私の方こそすべて他人事に思える。出来事に関与した意識は空転し、なぜか当事者感覚が希薄なのだ。私自身の夢想から生まれた悲劇にすら感じられる。心の傷痕《しょうこん》への防御作用が働いていたのかもしれない。いずれにせよ、この事件がいささかでも夢想に感じられるかぎり、これ以上私に語り得ることはないと思う。

哲学を専攻するK先生は、Sさんの事件をめぐる私の証言へのためらいについて、こんな言葉を伝えてきた。「ヨブ記が教えてくれていますよ。おのれの痛みにおいてこそ、もの言わん。それが深く実感できる時の訪れを待てばいいのではないでしょうか」と。

夢想と言えば、事件から二年後の夏、こんなことも思い出す。朝から続く集中豪雨の去った夕刻、錦橋の下にボートが流れ着いていた。誰の仕業なのか、ロープが橋脚に結んである。ボートと言っても、井の頭池にあるオールで漕ぐタイプとは異なる。以前、福島で見た蓮根栽培の沼に浮かぶ幅広の作業用の平船を思わせた。どこから来た船か、また何のために錦橋に係《けい》留《りゅう》しているのか判らない。

私は好奇心に駆られ、翌朝早く、橋脚伝いにボートへ下りた。まだ水に勢いがあり、波に乗るような動きで前後に揺れる。間近で水面を覗くと、黄色の縞のある白い錦鯉が川下へ流れていった。

見上げると、紫と白の朝顔が重なり合いながら、川縁のフェンスに絡みついていた。陽が昇り、青空が赤みを帯びて広がる。朝顔の蔓《つる》は、いっせいに空をめざして伸びていく。川の流れに浮かび、水の音を耳にしながら上空を眺めていると、全身に上昇感覚が満ちてきて、私はこの夢見のような出来事に酔いそうだった。

さらに年月が経ち、K先生の語る回想話のなかに、まったく私の身に覚えのない出来事が登場した。K師の住まいは杉並区永福の神田川の向陽橋の近くだった。

——あれはいつのことでしたか、私鉄がストライキの日で、中村君は高井戸から我が家に神田川沿いを歩いてくることになった。ところが、ボートで川を下ってきて、私と家内を驚かせましたね。いったい、どこで調達したんだか、井の頭公園の観光用のボートとは違う、もっとずんぐりした船で。

——何のことですか？　ボートで神田川を下った？　まさか、ありえないですよ。ぜんぜん覚えていません。それ、どういうことでしょう。

——どういうことって、それをいま私が思い出そうとしているんです。玄関に入るなり、ボートで来ましたって真顔で嬉しそうに報告したでしょう？　ただ浮かんでいるだけなら安定しているけど、前に進むのは苦手な船で、苦労したって。その後、こんなことも言っていましたよ。神田川をミシシッピ川になぞらえ、いかだ下りをして、いずれハックルベリー・フィンのパロディ小説に挑戦したいとか。それ、もう書きましたっけ？

——いえ、書いていません。でも、その思いつきに関しては、お話ししたように思いますけど。

——そうですか。覚えてないんじゃ、なかった出来事も同然ですね。でも、そんな幻のようなことが起こる日が、ときにはあるもんですよ。

Ｋ先生の記憶から現れた神田川のボート下りの話は何だったのか。私は途惑ったものの、自分の経験の一部として心の中に住みついた。

6　名言床屋さん——清水橋

「田口は先月やめました。理由は私たちにも判らないんですよ。体調を崩したわけでもなかったのに、二週間前になって急に申し出て……」

人生の決断は、他人から見れば、いつだって唐突に感じられる。新宿のデパート内の理髪店で、三十年あまりもお世話になった人の退職だった。前回で最後と知っていれば、お礼の挨拶ができたはずだ。「はい、皆さん、そうおっしゃるんです」

田口さんより二回り若い女性が新しく担当になった。その柔らかな手の感触とゆっくりした動きに慣れないまま微睡《まどろ》みの淵に誘われ、ふたたび目覚めの感覚へ向けて浮かび上がったとき、私の記憶は、遠く突き当たりに明るみの覗く薄暗い路地のようなところを進んでいた。やがて鏡に残る自分の顔の背後に映っていたのは、十代半ば頃から二十代半ばまで通っていたＩ理髪店のおじさんの姿だった。

　初老夫婦二人で切り盛りしていた小さな床屋なのだが、おじさんは店に本棚を並べる愛書家で、何かにつけて名言を口にし、人生訓を述べることが好きだった。どこで選んできたのか、格言風のことばの短冊を壁に貼り、店に行くたびに新しいものと入れ替わっていた。椅子に座り鏡の隅を覗くと、反転した文字がいつも呪文めいて見えた。

　散髪をしながら、おじさんはあれこれ名言を引用して励ましてくれた。私の折々の悩みを察し、ときに見当違いの話にそれることもあった。あきれかえるほど凡庸な助言から真にせまる人生訓、強引な解釈の逆説まであり、こうした会話の煩《わずら》わしさのせいで客足が遠のいていることは確かだったが、私はこの名言床屋さんに通うのを楽しんだ。

　東京の井の頭線久我山駅近く、私は自転車で神田川の清水橋を渡り店に行った。さっぱりとした頭になった帰り路、欄干に足をかけて川面を見つめる習慣があったが、なぜかいつも川上の方向ばかり眺めていた。

　京王井の頭線の線路際にある店で、電車の轟音が通過するとき、まるでセンテンスに句点を打ち、改行するような区切りで、おじさんはほどよく話を中断した。ときどき私の方から面白いことばを紹介すると、整髪の動きが止まり、ハサミを持った手で宙に字を書き始めたりした。

　薄れた記憶の奥で、鏡に映った仕草と白髪に眼鏡の思案気な表情とともに、ひとつだけはっきりと思い出せる名言がある。おじさんは、私がたまたま前週に読み終わったばかりの小説の一節を話題にし、メモした紙を出してきた。この偶然の驚きを伝えると、高校で世界史を教えている常連客から教わったものだという。

未成熟な人間の特徴は、理想のために高貴な死を選ぼうとする点にある。これに反して成熟した人間の特徴は、理想のために卑小な生を選ぼうとする点にある。

J・D・サリンジャーの『ライ麦畑でつかまえて』で引用されている言葉だ。野崎孝訳（今では村上春樹訳もある）。高校を中退して家出生活を送るホールデン・コールフィールドは、夜遅く、ただ一人尊敬しているアントリーニ先生を訪ねる。先生は生きる指針として精神分析医ヴィルヘルム・シュテーケルのことばを書いてよこす。せっかくの箴言《しんげん》も疲労で注意散漫となったホールデンの頭に入らないまま、作中でしばしば論議を呼んできた少年の性的な強迫観念を暗示する場面へと移る……。

当時の私は、「理想のために高貴な死」と「理想のために卑小な生」の選択をめぐり思念が空しく回転するだけであったが、この端然とした名言に心動くものがあった。

小説に関しては、傷つきやすく純粋で繊細な若者が、不純な大人社会の偽善を暴くといった青春文学の常套的な読み方もしないわけではなかった。しかし、もっと気分の同調をおぼえるところがあった。ホールデンの別離の感情である。悲しい別れでも嫌な別れでも、何事かから去るときは、去って行くんだという、しみじみしたその感情をはっきり意識していたいと彼は言う。何となく去るのではない。さあ、これでおしまいだ、いよいよ去っていくんだな、と立ち去るときの揺れ動く感情に自覚的であることだ。

この言葉の紹介から数年後、I理髪店は借地権をめぐる面倒なトラブルが生じて退去し、夫妻の消息はそのまま判らなくなった。それからかなりたって、おじさんは品川の大きな理髪店に勤めているという噂を聞いたが、確かめたわけではない。

「はい、おつかれさまでした」

背後から調髪の終了の挨拶が聞こえた。鏡にはにこやかな女性の顔があった。そして小声で田口さんの話にふれた。「実はわたし、理由を知っています。これからの人生を故郷の福島に帰って、ボランティアで老人ホームの理髪の仕事をしたいのだそうです」

私に後悔の念が動き出す。田口さんにどのような心のドラマがあったのか、まったく知らずにいた。あのI理髪店のおじさんなら、どのような名言を引いただろうか。

はるか時を隔てた二人のなじみの床屋さんが、ともに忽然《こつぜん》と姿を消した思い出を辿りながら、私の気分はどんよりと行き惑っている。

7　オレンジ色の少女と夜学生——寿橋・高砂橋

葉桜が長い枝を伸ばし、川面に斑の影を落としている。夜半から朝にかけての大雨のせいか、水かさが増し、流れはふくらんでいた。

二十年前に来た時も、葉桜の季節。神田川の高砂橋から寿橋へ向かう流れを見つめていた。あのときは心筋梗塞で緊急搬送された病院へY先生を見舞った帰りだった。

「久保田という学生のこと、覚えていますか？　偶然ですが、彼の勤めている会社が、すぐこの近くにあるんですよ」

Y先生の手は東の方向を指していた。病室の窓からのぞくと、関東バスの営業所のビルが見えた。

「よく覚えていますよ。女の子は元気でしょうかね。もう成人したと思いますが」

「久保田本人よりも、娘さんの方が気になるのは、私も同じです」と言ってY先生は笑い、

「私もくわしいことは知りませんが、母親と同じ仕事についたらしいですよ」

私は病院を出て、教えてもらったとおり、寿橋を渡り、川と並行した道を左へ曲がった。「原口電気設備（株）」の看板のある小さな二階建てのビルはすぐ見つかったが、人気はなく、一階の事務所の電話が鳴りっぱなしだった。


大事にしてきた思い出を物語のなかの人物に与えると、だんだんその印象は生彩を欠き、過去への誘いの力を失ってしまう——。そんな意味のことを述べたのは、ナボコフであっただろうか。できれば私はそれに抗いたいと思うのだが。

いま私は四十年以上も前に会った少女の面影を甦らせようとしている。ひとつひとつの思い出に色をつけることはできるだろうか。そうした考えがよぎり、私はふいにオレンジ色の少女の姿に辿り着く。

当時、私は三十歳になっていたが、いくつかの大学の非常勤講師をして日々を送っていた。そのひとつに東京渋谷区のT大学工学部があった。夜間部だけのコースで、十八歳から私よりも一回り年長の学生まで在籍し、ジーンズからスーツ姿まで服装もさまざまで、当初は途惑いがあった。女子学生の姿はほとんどない。社会人の持つ落ち着きと夜の学校の独特な賑わいのようなものが、私にはなじみ、駒場公園の脇のゆるやかな坂を上がって学校に向かう足取りも決

して重くはなかった。教員控室でいつも顔を合わせる物性科学専攻のY先生との談話の楽しみもあった。四十代半ばのもの静かな研究者で、控室ではたいてい一人で専門書を読んでいたが、私が行くと本を閉じて、いつもクラシック音楽について熱心に話をはじめた。

あるとき私は、チャイコフスキーはあまり好きではないと述べた。ピエール・モントゥーがボストン響を指揮した交響曲第五番は愛聴していたのだが、なぜかそう言い張った。先生はまたその話かという顔をして微笑んだ。「クラシック音楽に、あれこれ意見のある人にかぎって、よくそう言うんです。でも、どうなんでしょうかね」と間を置いて言葉を探し、「チャイコフスキーの音楽には、見果てぬ夢みたいなものが、たっぷりあるんですよ」と言った。

ある冬の日のこと、Y先生に「久保田という学生が、幼い娘を連れてくると思いますけど、話を聞いてあげてください」と頼まれた。教室に行くと、工事用の紺の作業服にコートを羽織った、私よりもやや年上の学生が近づいてきて言った。「すいません、今日は母がいないんで、娘を連れてきました。教室にいっしょに置いてやってください。おとなしくできる子だからだいじょうぶです」。作業着の胸には、「中野弥生町」という小さな字と並んで「原口電気設備」と白い縫い取りがあった。

女の子は教室の後ろのほうに坐り、こちらに真っすぐな視線を送っていた。お下げ髪の色白の子で、記憶はおぼろげだが、グレーのジャンパーを着ていたように思う。角張った造作の父親と違い、ふっくらした面立ちだった印象がある。年齢をたずねると、四歳の誕生日を過ぎたばかりだという。学生は長身の身体を縮めるようにして前の席についたので、娘さんの隣に座ることを勧めたが、「だいじょうぶです」と繰り返す。

女の子はときどき心配そうな表情で、授業を受けている父親のほうを見るものの、なるほど何の問題もなく静かに過ごした。アシモフの入門的な科学エッセイをテキストに使った英語講読の授業だったのだが、この学生を指名するのはこちらのほうが緊張しそうで、どうしてもよけて通ることになった。

後日、Y先生から、この学生は三十三歳になるが、電気工事店に勤めながら昼間は娘を保育園に預け、夕方からは自分の母親に託して夜学に通っているのだと聞いた。さらに後になって、たぶんクラスメートから伝え聞いたことのように思うが、栄養士であった彼の妻は、二十歳ほど年長の男と出奔《しゅっぽん》したという。

授業後に玄関ホールを通りかかると、女の子は授業中と同じく、表情を欠いたまま薄暗い壁際のソファーに座っている。おとなしいというより、おとなしくすることしかできない様子の子だった。

父親は三、四人の男たちと円陣を組んで屈伸運動をしている。そして誰からか号令がかかって、ホールいっぱいに広がり、生真面目な顔をしてそれぞれ踊りはじめた。私は夜間大学にも部活動があり、当の学生が社交ダンス部に入っていることを初めて知った。

当時のT大学の夜間部の校舎は低層の古い建物で、玄関ホールは戦前の洋館の雰囲気を持っていた。機械油のようなにおいが全体に漂っている点が、出講している他の大学との際立った違いだった。教室に出かけるとき、まるでにおいのカーテンで仕切られているかのように強い酸の臭気が下りている場所もあり、足早に潜《くぐ》り抜けるときもあった。古い柱時計を開けたときに漂う、油性を帯びたような空気を連想させるホールのにおいは決して嫌いではなく、どこかの町工場にいるような気分を覚えた。

そのにおいを掻き混ぜながら、男たちはめいめい見えないパートナーを抱きかかえる腕の形をして、音楽もなく、「いち、に、さん、しの、いち、に、さん」とステップを合わせながらダンスの練習をするのだ。

いつものトレーニングどおりなのかどうか判らないが、途中で久保田という学生だけは作業着を脱ぐと、袖口を両手につかんでパートナーに見立て、大きな身振りで踊りはじめた。パートナーは不安定に揺れ、まるで襤褸《ぼろ》の垂れた案山子《かかし》が振り回されているように見えた。それでもダンスは止まることがない。

しばらくして、父親の動きを目で追っていた女の子が立ち上がり、きつめのジャンパーをぎこちなく脱ぎ、それを父の仕草をまねて高く掲げた。ジャンパーの下から現われたオレンジ色の毛糸のセーターは揺れ、小さな身体が伸びをしている。男たちのダンスは続く。

いま記憶の奥から甦った少女に、彩り豊かなワンピースを着せたいと思う。ヴァイオレット・オレンジ・イエロー・ホワイト・アンド・レッド。

ホールの中央に少女の軽やかなステップが近づく。新しい彩りを加えたオレンジ色の小さな身体が踊りはじめる。いち、に、さん、しの、いち、に、さん、し。

一瞬だけ、父と幼い娘の舞い踊る手の動きが一つになったように見えたが、たぶん気のせいだったと思う。


私は翌年度でT大学工学部をやめ、Y先生とも年賀状をやりとりするだけの関係になった。賀状には、いつも印象に残った演奏会やレコードのことが書き添えてあった。「最近は、小さな曲ばかり聞いています。ヘンリック・シェリングの弾くヘンデルのヴァイオリン・ソナタ集がとても気に入っています」とか。

歳月が流れ、今から二十年前、駒場の日本近代文学館から代々木八幡駅へ向かう折、大学の前に差しかかり、なつかしさが募った。私は教務事務室に寄り、昔の事情を伝え、Y先生に面会できるか尋ねた。すると、奥からベテランの女性事務員が出てきて、先生は一週間ほど前に高円寺駅で倒れ、入院中だと言う。私は翌日の午後、中野の病院に向かった。

「心臓のお病気なのに、驚かせてしまいましたね。いきなりお伺いして申し訳ありません」

「そのとおりだよ、いや、いや、びっくりした。でも、うれしいなー、本当にうれしい」

久しぶりに会うY先生は、見事なほどの白髪になり、少し嗄《しわが》れ声だった。音楽談議になり、そして久保田という学生の思い出話になったのだ。

Y先生とはふたたび年賀状だけの行き来になった。しかし、東日本大震災の年の正月、松の内を過ぎたころ、つくば市に住むご子息から喪中を知らせる葉書が届いた。前年の十月に亡くなったとあり、詳しいことは書いていなかった。

いま、二十年前の見舞いのときとは逆に、寿橋から川上の高砂橋を眺めている。風が来て葉桜が揺れ、川面に映る斑《まだら》の影の間に光が浮かんだ。

あの時と同じ道筋を辿り、橋の脇の通りを左に曲がった。三代続く寿司屋は健在だったが、「原口電気設備（株）」はなくなり、時間貸しの駐車場に変わっていた。十二時間最大料金一四〇〇円の看板があるが、空車が目立ち、日産のムラーノが、厳冬期でもないのにワイパーを立てて停めてあった。

会社の消息を訊こうと、寿司屋の扉を開け、声をかけたが、誰も出てこない。

戻る道には陽炎が立っていた。ヴァイオレット・オレンジ・イエロー・ホワイト・アンド・レッドのワンピースを着た少女が、揺れる陽のなかでステップを踏んでいる。原口電気設備のビルのあった駐車場の前に立つと、事務所の電話の呼び出し音がかすかに鳴っていた。あれから二十年間鳴り続けているのかもしれない。直後、私は眩暈《めまい》を覚え、足がもつれそうになった。ところが、足の運びはいつになく軽く、身体は浮き立つ。

すれ違う人は私の存在に気づかない。どうやら私は姿の見えない幽鬼になっているらしい。

なつかしさに取り憑《つ》かれた人間は、誰もが亡霊と化すのだ。
なつかしい場所など、訪ねてはいけない。

Ⅲ　パラレル縁起譚

1　夜の果て――淀橋

1

新築して五年も経たぬ家を処分することになって、私は多少の後悔の気持ちを引きずっていたが、「穴埋めレポート」を読んでからは、そうした迷いは次第になくなっていった。

資源ごみ回収日に投棄されてあった冊子である。私家版のような簡易装幀で、銀杏の葉によく似た東京都のシンボル・マークと薄れかかった「守秘」の印が押してあった。好奇心から持ち帰ったものの、中身は小説だと知り期待がそがれた。なぜか筆者名だけは手書きで細く記してあるが、判読できる字ではなかった。

しかし、その小説を読まなければ、自分たちの家が古井戸を埋めて造成した土地の上に建てられたという事実にやや薄気味の悪い気持ちをいだく程度で、引っ越しをしてよかったと思うまでには到らなかったにちがいない。経緯はどうであれ、問題の小説が一度はゴミとして捨てられたにもかかわらず、ふたたび読み手を得た。この世から消え去る寸前に、また現世に戻ってきたのだ。しかもそれが怪異小説風の一篇だということに皮肉を感じないわけにいかなかった。

「穴埋めレポート」は次のように始まる。

ここに死体を隠しても、誰にも見つからないかもしれない。歩道橋の階段を下りながら、安田海上火災ビルの植込みを覗いたとき、僕は不意にそう思った。密集した枝葉の奥に、真昼でも闇を潜ませるほど、深く灌木《かんぼく》と羊歯《しだ》の下草が生い茂っている。その場所は歩道橋の陰になっているうえに、道路からやや高いところにあるので、意外な死角になっていた。西武新宿駅から靖国通りに出て、ＪＲのガードをくぐり、青梅街道の横断歩道を渡ると、薄暗い植込みの奥をうかがう。そしていったん死体の隠し場所などという連想をすると、ここに差し掛かるたびに同じことに頭が行くようになった。

おかしなことだが、美味しいものは残しておいて後で味わおうとするのに似た気持ちが最初に動き、この冒頭に続く数十ページを飛ばして読んだところ、それが「穴埋めレポート」を読む場合の奇妙な癖のはじまりとなった。あるページを数行読んでは何ページか先の文に目をやり、また別のページを読み返えし、ちょうど迷路をさまようように、行方を定めぬまま文中を行きつ戻りつする。

あの夜にゴミ置場から持ち帰って以来、引っ越しの前後のほぼ十日近く、どこへ行くにも持ち歩いていたのに、順にページを追って読むことがないため、話の全体が曖昧のまま、ただエピソードの片々の浮遊するような印象だけが残っていく。

郊外の家から都内の賃貸マンションへ移った翌週、まだいくつか段ボールの山を残したまま、私たちは取りあえず一番古くから付き合いのある友人とその妻だけを招いたハウス・ウォーミングの小さなパーティーを開いた。しかしそのときに「穴埋めレポート」の中のエピソードを、今回の転居に何か直接関係のある因縁話のように話題に出すことを、初めから考えていたわけではなかった。

「こんにちは、おじゃまします」

島崎の妻がおっとりとした声を作って挨拶した。二人の後ろに徳富とスポーツジムのインストラクターをしているその妻の快活そうな顔が覗いている。そして「あら、お花なんか持って来ちゃって、ご迷惑だったかしら」と壁に沿って天井近くまで積んである段ボール箱に目をやりながら言った。

「いえいえ、ありがとうございます。さっそくテーブルに飾ります」

由紀子は笑顔で応じ、すぐに花を活《い》け始めた。

「確かに便利な所にあるマンションだけど、前の家、建ててから何年もたってないのに、よく手放す気になったね」

島崎は煙草をくわえたまま言った。私はサイドボードの灰皿を引き寄せた。

「ねえ、由紀子さん、花火の飾りつけは、まだしないんですか」

島崎は台所に立った由紀子に声をかけた。流しの水の音で、由紀子には聞こえなかった。

「まったく、花火のコレクションが趣味とはね。いったい、どのくらい集めたら気がすむんだか」

と私が大げさに困惑の声を上げると、友人たちは大笑いした。

「本当におかしな話、誰が聞いたってあきれるでしょう」と由紀子はオードブルの皿を運びながら、笑いの輪のなかに加わった。「引っ越して一週間もしないうちに、また別の部屋を探しに不動産屋まわりを始めるんだから」

友人たちは皆一様に驚きの声を上げた。

「なんだ、その話じゃなかった?」と由紀子は真顔で言った。「この人ね、もう引っ越したいなんて言い出しているの。次のことを考えて、段ボールの箱もなるべく開けずにそのままにしておけなんて言ってんだから、まったく呆れちゃう」

「花火の飾りつけはまだしないんですかって、さっき島崎がきいてましたよ」

と今度は徳富の間の悪さが私の思わぬ助け船になった。

「何しろそういう事情で、あれやこれや落ち着かないうちは、とてもインテリアまで頭が回らなくて」

「あら、がっかり」と徳富の妻が抗議の口調で大きな声を上げた。「わたし、由紀子さんが花火のコレクターだっていうことは、この人に聞いていたけど、それを絵みたいに、玄関とか部屋の壁とかに飾った感じってどんなふうなのか、とても楽しみにしていたのに」

「ごめんなさい。あそこの箱に入っているから、出してもいいんだけど、まだそんな気分にならなくて」

と話題は引っ越しのことに戻る気配だった。

「移ったばかりで、また引っ越しをしたいと思う理由は何ですか」

いかにも意味深いことを訊ねるといったような硬い口調で、島崎の妻が言葉をはさんだ。

「まず、車のひどい騒音」と私は自然と似た口調になって言った。「環状七号通りに近いから覚悟はしていたけど、昼はもちろん真夜中だって、音が途切れないし、とても熟睡ができるような所じゃないんですよ」

私たち二人のやりとりで、友人たちがみな置き去りにされそうになった。

「音で思い出したんだけど」と私は話題を変えた。「台所とトイレに行くと、子犬の鳴く声が天井の方から降ってくる感じがしたんだ。もちろん、換気扇の穴から外の音が入ってくるせいだとすぐに気がついたよ。ところがね、かんじんのその犬がどこにもいないんだ」

「どんな犬か知りたくて、マンションの近所をあっちこっち探したんですって」

と由紀子が言葉を添えた。

「不動産屋を回ったり、犬を探したり、きみは相変わらず暇そうな生活を送っているんだね」

こうした皮肉が徳富の口から出るのは珍しいので、私は苦笑した。

早くも酔いが回り始めた島崎がいきなり立ち上がって、「おれにも、子犬の声を聞かせろ」と高調子で言った。こうした場合の無邪気さこそ自分の持味と言わんばかりに台所へ行き、背をいっぱいに伸ばして換気扇に耳を近付けた。だが、島崎の妻だけはこうした振る舞いを許さず、悪戯に向かう子供を追うように台所へ走った。それを見て由紀子が一瞬困惑の笑みを浮かべ、慌てて後を追った。

ふたたび全員が席に着いたとき、徳富の妻が、パパイアの生ハム巻きに刺さっていた楊枝を指でもてあそびながら、私の方を向いて訊いた。

「志村さんたち、どうして引っ越しする気になったんですか」

「さっきも言ったけど、騒音、それと車の排気ガス。でも、本当は他にもっと気になることがあるんです。このマンションが建っている土地、前は豆腐屋があったそうなんだけど、でも先代から使っていた自慢の井戸の水が渇れてしまって、それで……」

「いや、これから先の引っ越しのことじゃなくて、せっかく建てた前の家をどうして売ったのかってきいたんだよ」

と徳富が自分の妻の訊こうとしたことを言い直した。

「いや実は、それもちょっと井戸に関係があってね」と何か秘事のようなことを披露したいという、こうした友人たちとの席でよくある、わけの分からぬ衝動に駆られて私は言った。

「分譲地にするとき、古井戸を埋めたらしいんだ。わざわざ教えにきてくれた元の地主がいてね。そこが、寝室か、居間か、それとも玄関のあたりにあったのか、分からなかったけど。できれば引っ越したいと思い始めたきっかけになったのは本当だけど。でも、住んでるときは、そんなに毎日はっきり意識していたわけじゃなかった。気になりだしたのは、ほら、そこの棚にある本、それをたまたま読んだからなんだ」

私は顔が異様に上気していくのがわかった。酔いが進みだしたこともあって急に気持ちが勢いづき、いよいよこれから小説だけが描きだせるこの世の意義深い真実を告げるぞ、という大仰な思いが胸に溢れかえった。

2

「穴埋めレポート」のページを繰っていくと、水をめぐる記述が多いのに改めて気づいた。最初に京王プラザホテルのティー・ラウンジでのエピソードが目に入った。

新宿三井ビルの壁面は磨きぬかれた銀板のような反射ガラスが使われていて、ビル全体が巨大な鏡のように見えることは、「穴埋めレポート」を読む以前から私は知っていた。そして冷ややかな翳《かげ》が街を浸《ひた》しはじめる黄昏の時間になると、鏡面に日没の太陽が映しだされて、通りは奇妙な明るさに満たされるということも。議事堂通りのプラタナスの街路樹の根元に残るわずかな土に、野芥子《のげし》が黄色の花を咲かせ括《くび》れた葉をのばしているが、その花影も日没の自然光と三井ビルの壁面ガラスの反射光によって二つできるのだ。

夕暮れが始まる時間、特に京王プラザホテルとの間の四号街路は、真昼よりも光が通りの隅々まで染みわっている印象を受ける。

陰陽のコントラストが際立ち、人と車の列、電話ボックス、駐車メーター、広場の階段、プラタナスの並木の葉の一枚一枚さえ、あらゆるものがその輪郭線を明瞭にする。

しかしこの小説によると、晴天の日の同じ時刻に、鏡の壁面の西端に近いあたりを見上げると、富士山が映っていることがあるらしい。

最初は淡いブルーの光の塊のようなものだけがあって、それが次第に見覚えのある円錐の形となり、やがて富士と気づく。そして新宿三井ビルの壁面の反射ガラスに映ったその富士山は、向かい側の京王プラザホテルのティー・ラウンジのウインドーを通りぬけ、テーブルの上のコップの水面にまで届くという。

僕はビルの反射ガラスの壁面に映っている富士山の方向を慎重に確かめながら、テーブルのコップを少しずつ動かし、微妙な位置に気を配る。そしてコップをやや斜めに傾けて中を覗く。

　それから、何かに耳を澄ますような気持ちで、一心にコップの水を見つめ、銀色のメタルのコースターをコップの下から少し横にずらし気味に添える。すると水面のうっすらとした翳は微細な光の表情を帯びはじめ、静かに富士山が浮かび上がった。

「穴埋めレポート」の作者は、この経験ができる場所は京王プラザホテル一階にあるティー・ラウンジで、しかも滝の庭の見える北西の隅の席だけだとも書いている。


　僕は深淵に引き寄せられるように、コップの水を覗き込む。

　一瞬、水面が震え、光が散る。

　水面に静寂が戻ると、青白く淡い光の中に、ふたたび富士山が浮かび上がる。

　僕は遠い水平線の壮麗な残照の中にわずかに姿を見せている、小さな島の影を見つめているような気持ちになった。

　別のページに、教師らしき男が主人公の妻に電話で一方的に喋っているところがあり、その中でこの街に滝をあしらったオブジェがいかに多いか述べている。

新宿の西口超高層ビル街には確かに滝が多いんです。中央公園に二つあるのは前から知っていたけど。京王プラザホテルのティー・ラウンジの脇にもあるし、センタービルの地下一階にある滝は横に長く蛇行していて、けっこう水の変化が楽しめるものだし、野村ビルにある滝は派手にできているやつでね、上から勢いよく落下してくる水を、地下のロビーで見上げる設計になっています。あのビル街は滝のほかにも水を利用したオブジェが、どういうわけかたくさんあるんですよ。その理由ですけど、要するに、あの超高層ビル街は淀橋浄水場の跡地に作られたでしょう、だから皆その浄水場を埋めてしまったということに、心の深層で何かわだかまりがあるんじゃないかと思うんです。水を使ったいろいろなオブジェは、どれも水の霊の鎮魂のつもりなのかもしれませんね。

三井ビルも完成して十年たってから、わざわざ広場の一角を壊して滝を作ったのは、こうした事実と関係があるのだろうか、と私はこの一節を最初に読んだときに思った。そして同じ男によってこの数ページ前に、新宿超高層ビル街にかつて古井戸があったことが述べられている。

あの街に古井戸があったことを知っていましたか。安田海上火災ビルと朝日生命ビルの間あたりになるのかな、〈むちの井〉と言って、江戸時代の初めの頃からあった古井戸のようです。決して渇れたことのない井戸で、旱魃《かんばつ》のときには何度も人々を救ったことがあったらしいんですけどね。それが、長いこと駐車場の隅で放置されて荒れはて、しまいには不燃ゴミを投げ入れて、埋めてしまったんでよって。あまり気持ちのいい話じゃないです。

江戸時代に遡る因縁話となると、真ん中あたりのページに、神田川を巨大な老いた鮭が上ってくるエピソードを記したところがある。

江戸の明暦の年に神田川を下っていった鮭の稚魚が、海の果てまで旅をした後、今や体長三メートルを越えようかという大魚となって帰郷する。鮭は半日がかりで隅田川との合流点の柳橋から、神田の万世橋、関口の江戸川橋をへて、高田馬場の山手線のガードを抜け、ようやく神田川が妙正寺川と合流する落合のあたりを通過したのだった。鮭が故郷の川を匂いで記憶しているのであれば、褐色のうっすらした苔の層がコンクリート壁を覆い、洗剤の泡がところどころ小さく渦を巻く汚水の中でも、この鮭は記憶の底の清流を嗅ぎ分けてここまで来たのであろうか、それとも脳の記憶回路が故障した結果なのであろうか。

この鮭はさらに神田川を遡って淀橋の下まで来ると、白っぽい汚水を吐き出している橋の脇の大きな暗渠《あんきょ》に入り、そのまま暗闇の中を進んで新宿西口超高層ビル街の下水道に迷い込んでしまう。

「鮭が自分の故郷の川を匂いで記憶しているのは本当だよ」と島崎が得意の科学の豆知識を持ち出して口を挟む。「鮭の脳から記憶物質の核酸を取り出して、他の川の鮭に注射した実験をした研究グループがあってね、そうしたら新しい川の水にも、自分の本当の故郷の川の水にも同じ反応をしたんだって」

「この前、石狩鍋をしたとき、わたし、鮭の脳味噌を箸でほじくって食べちゃった。このところ水の夢を見て、なつかしい感じがあるのは、そのせいかしらね」

徳富の妻が深刻そうな声でそう言ったので、彼女の夫は一人で声をたてて笑った。

「冗談でなく、ほんとうなんだ。ちゃんと『サイエンス』に載っていた実験報告だよ」

三メートルの鮭とはどんな勇壮な姿をしているのだろうか、と私は想像してみた。淀橋は学生時代にアルバイトをした製本屋の近くなのでよく知っていた。そして神田川の幅の記憶を辿りながら、鮭の三メートルという体長の具体的な大きさを思い描いた。すると淀橋へ向かって遡上する巨大な鮭の幻影が脳裏に動きだした。

淀橋は三代将軍家光によって呼び名を改められるまで「姿不見橋《すがたみずばし》」と言い、橋の名前の元になった不吉ないわれがあったらしい。

私が橋の脇から下を見ると、水面近くのコンクリート壁に乾いた汚泥かタールのような苔が黒くこびりついている。青梅街道のざわめきを背にしていて、水音は上まで届いてこないが、それでも水の流れに細かく波打つ光が次々と過ぎていく。

振り返ると、変電施設と物産会社のビルの間から遠く十二社《じゅうにそう》の熊野神社の森が覗き、森の上を第一生命ビルの白い壁面が空へ伸びている。しかしそそり立つ感じなのではなく、私にはむしろ森に巨大なコンクリート柱が突き刺さっているように見えた。

神田川は橋からやや川下で少し南に膨らんで流れが広がり、深いコンクリートのU字溝の川床の一部が露出して、隅に運積土が小さな山を作っている。その堤防壁の上から、この近辺では比較的大きな樫《かし》の木が川に迫り出して枝葉を伸ばし、水面に網を広げたように斑の影を浮かべていた。

樫の梢がときおり微風にそよぐ。そのたびに波立つ水の反射が光の網目を崩し、細かい渦をなす流れに黒く濁った深みが覗く。だがそのときは、風ではなかった。流れが川下からいったん少し押し戻されて、すぐまた元に戻る変則的な動きを繰り返した後、水垢のこびりついた黄土色のヒールの高い女物のサンダルの片方が、水底から急に目覚めたように浮かび上がってきたのである。

私は心にざわつくものを感じて流れの先を見つめた。一瞬、吃水《きっすい》深く塵芥《じんかい》を満載したボートがひっそりと上がってきたのかと思った。しかしやや左にうねる川筋の陰から姿を現したのは、全身に奇妙なゴミ屑を引きずりながら泳いでくる巨大な鮭だった。つぶれた段ボール箱とバドワイザーの絵柄を配したビニール袋らしいものが背鰭《せびれ》のあたりに貼りつき、さらにガムテープの粘着した白いロープが脇腹を離れず、尾には黒い傘の残骸が萎《しな》びた水草のように絡んでいる。

この鮭は本当に清流を嗅ぎ分けてここまで来たのだろうか、それともやはり脳の記憶回路のメカニズムが毀《こわ》れてしまっているのだろうか、と私は思った。いずれにせよゴミ屑を身にまといながら遡上を続ける鮭の様子は、水音高く銀鱗をきらめかせて川を行く勇壮な姿とはほど遠い、何か特別な苦行を思わせた。それでも鮭が進むごとに、川の水に賑わいが満ちる。そして鮭がちょうど淀橋にさしかかったとき、あたかも私と正面から向き合おうとでもするかのように、ゆっくり身を反らしながら頭を上に突き出し、鉤状《かぎじょう》に曲がった上顎の先端をその視野の中心でぴたっと静止させた。

鋭い眼差しがまっすぐこちらを貫く。それも瞬時のことで、すぐ鮭は橋の下に姿を消した。私は橋と平行したガスの供給パイプに足をかけて中を覗き込んだ。鮭の姿はどこにも見えない。橋のほぼ中央の南側の壁面に大きな暗渠が口を開け、汚水を吐き出していた。位置からすれば、青梅街道の地下を斜めに渡って新宿西口超高層ビル街に向かう下水道だった。

もう一度橋の下を覗くと、薄暗い流れの中央あたりに、何か大きな哺乳動物の肋骨《ろっこつ》のような、樹皮が剥がれて木肌が白く脱色した朽ち木が転がっているのが見えた。そして脇の淀みでは発砲スチロールの破片がいつまでも同じ場所で回転し続けていた。

「どうでもいいけどさ、井戸の話はどういうことになったんだい？」

と島崎が苛立たしそうに呟いた。そのとたん、指に持ったまま長くなった煙草の灰がグラスに落ちた。「さっきから聞いていると、神田川に鮭が上ってきたとか何とか言っているけど、小説の話なんだか、きみの勝手な妄想なんだか、よく分からないよ。どっちかに決めて、しゃべってくれないか」

「わかるでしょ。小説の話に決まっているじゃないですか。だから、ちゃんと真面目に聞かないとだめ」

私が答えるより早く、徳富の妻が童顔に似合わぬ低い声で言った。

「ほんと、わたしもそう思う。せっかくそのつもりで、みんな聞いているのに、この人だけ理解できないんだから」

島崎の妻が、自分の夫を孤立させることで、その場のちぐはぐになりそうな雰囲気に気を遣った。

「前の土地にあった井戸のことですけどね」と由紀子が話を戻しにかかった。「後から言われれば、そうかなと思う程度で、ほとんど気になりませんでしたよ。それに、井戸があったなんて、あのお爺さんが、単なるいやがらせで言っていただけかもしれないし」

上田という地主の老人は、何年も前に不動産会社に売り渡した土地であるにもかかわらず、その事実を自分自身になかなか納得させることはできず、あたかも土地を不法占拠されたかのように新住民たちへ事あるごとに厭がらせをしていた。「お宅んとこは、井戸があった土地だよ、まだ生きてた井戸なのに埋めちまったんだ」と言ったことも、その種の嫌味の一つであった。

井戸が敷地のどこかにあったのは、たぶん事実だろうと私は思う。裏隣の一家が、ことによると自分たちの敷地の中かもしれないと勘繰って市の古い土地台帳を調べに行き、その結果については口を濁していたにもかかわらず、全員が晴れ晴れとした顔をしていたことからも察しがついた。

しかしそれでも、造成前に井戸があったことなど、私はいかにも田舎らしいのどかな逸話くらいに考えて、少なくとも表面上はたいして気にしないようにしていた。

埋めた古井戸への思わぬ拘《こだ》わりは、後から「穴埋めレポート」を読むうちに強くなっていった。ページからページへ行きつ戻りつする錯雑とした読み方をしたからこそ、そうなったのだろう。そのつど各々の部分を読むとき、いわば底の見えない淵や穴を覗き込むような感じだったと言えないことはないのだ。もし冒頭から順々に全体を一つの完結した物語として読み進めたとしたら、事情は違ったものとなったかもしれない。

「穴埋めレポート」のある章に、かつて新宿で石油が出るという噂が密かに流れ、東京都が秘密裏に試掘井を作って調査をしたことが述べられている。

武蔵野台地東部、特に淀橋台の地下約二千メートルのあたりに、有機物の堆積が存在する可能性があるという地質学者の発言を僕はかなり前に聞いた覚えがある。

可採埋蔵量を見積もるには地震探鉱だけではわからないし、試掘井を一本作るだけで最低三十六億円が必要なので、もちろん企業レベルでは問題にするところはなかった。

予備的な調査のための掘削《くっさく》が密かに行なわれたのは、三号街路と四号街路に挟まれた空閑地で、新都庁舎の工事準備を装って行なわれた。しかも作業員の出入りは、用心のために地上を避け、関係者だけに知らされた地下道に限られていたという。

「穴埋めレポート」の次の一節は、危険な状況を覚悟しながら、主人公がその地下の抜け道を知るにいたった場面だ。

小田急エースタウンの地下商店街の裏手に、薄暗くひっそりした狭い通路が伸びている。その奥の地下鉄丸ノ内線の駅員控室の前を抜けた突き当たりに、〈危険・立入禁止、第五電圧室〉と赤く大書された扉があった。そっと中に入り込むと、左側の壁に沿ってゆっくり進んだ。部屋は高電圧器の不気味な唸り声が充満している。

半分ほど中に入ったとき、壁に鈍く光るドアのノブらしいものが突き出ていた。それを回しながら肩で体重をあずけるように押すと、壁の継目に見えた部分が少しずつ動いて重々しく半回転し、やがて細い通路が暗い空虚な口を開けた。

リモコンを手にとってテレビに狙いをつけ、画面を次々と変えていく、ちょうどそのように、私は新宿西口地下街のいくつかの場所を自分に重ね、順に思い浮かべる。

地下鉄丸ノ内線の改札口を出て、エースタウン北館の裏に長くひっそりと続く地下通路は、何度か通ったことがある。その通路は飲食店やブティックの並ぶ表の商店街の賑やかさとは対照的な、壁に亀裂が走ったような汚水の染みの目立つ、古い倉庫街を思わせる場所だった。いずれ取り壊されて消えてなくなるところかもしれない、といつも感じてしまう雰囲気もただよっていた。

3

「穴埋めレポート」の記述を追いながら、私はその地下街の記憶を一つ一つ辿ってみる。すると、新しい未知の映像のように、突然、地下通路を進んで〈第五電圧室〉へと入っていく自分自身の姿が浮かび上がった。

左側の壁にドアのノブに似た取っ手が微かに光っている。それを右に回しながら押し続けると壁がゆっくり動きだし、まもなく闇の奥に細い通路が現われた。
五、六歩進むと行き止まりになりそうな気がしたが、地下道の奥行は深く、しかも緩やかな勾配《こうばい》で登り坂が続いているらしかった。足元に目を凝らし、前屈みの強《こわ》ばった姿勢で進む。おのずと両手は闇を探る格好になっていく。

しばらくすると足の運びのぎこちなさを強く意識した。しかしそのとたん、コンクリートと鉄材の残骸が足の下で派手な音をたてた。そして慌てて身体を支え直そうとすると、今度は水溜まりに踏み込んだ。

目がなかなか暗さに慣れないのは、奥に進むほど闇が濃くなっていくせいだろうか。私は冷気の渦のような不安が動き始めるのを意識した。

静寂の底からときどき伝わってくる遠くの地下鉄の重くこもった響きだけが、過ぎ去っていく時間の感覚を呼び起こす。

新宿から石油が出る。

まさかとは思うが、すでに油徴があり、試掘《しくつ》が密かに始まっている。

しかし試掘が行なわれている場所が、公園通りの角筈橋近くの空き地にある砂場だという事実は、ほとんど知られていない。

外から見るかぎり、どこにでもある普通の砂場、あるいは工事現場の使い残しの砂の山だが、奇妙なことに、いったん中に入ってしまうと、巨人国に迷いこんだガリヴァーが見るように、そこは広漠たる砂丘に変貌する。しかもこの砂丘に人が辿り着くためには、エースタウンの裏の地下鉄丸ノ内線の電圧室に入口のある地下道を使うしかない。

暗い地下道を歩き続けると、やがて地上の砂場に出る。その砂場は地下の道を辿って行けば、なだらかな起伏で広がる砂丘なのだが、外からはそこへ直接行くことができないばかりか、中の様子をうかがい知ることもできない。

熱を含んだ空気が流れていく。私はいったん立ち止まってから、その流れの方向に神経を集中させ、風の気配に満ちている方へ進む。

足が急に重く感じられるのは、地下道の勾配がきつくなり始めたからにちがいない。だが、むしろそのほうが足の運びは安定した。

闇は少しずつ溶け、うっすらと蒼白い光が地下道に滲《にじ》み始める。それにつれて周りの様子が徐々に明らかになっていく。

摩滅したタイヤ、巨大な水道管の蛇口を思わせる歪んだ鉄パイプ、女の唇の部分だけ鮮明な色の残った化粧品の古い広告板、錆付いたアームの伸びた工作機械のようなものが、ところどころ鉄骨の剥き出したコンクリート壁の前に整然と並べてあった。そして出口のあたりまで進むと、きちんと並べられた数多くのドラム缶が目に入った。それは何かの順番を待って行儀よく整列しているのに似た少しユーモラスな印象があった。

私は夜の外気のなかに抜け出る。

踏み慣れぬ砂地に足をとられ、歩くたびに砂が靴に入り込む。腰を屈め、靴の紐を緩めて、砂を払う。そしてふたたび顔を上げたとき、私はすぐ傍に線路が仄白い光を帯びて走っているのに気づいた。カーブしながら遠ざかるレールの先は、砂丘のなだらかな背を越えて見えなかった。

夜の闇の沈黙だけが広がり、人気はまったくなかった。振り向くと、レールは私の抜け出てきた通路からやや左後方に位置した、もっと大きな地下道の口から延びてきている。その出口のあたりにも、多くのドラム缶が整然と並べられ、しかもそのなかにはセメントで密封されているものもあった。

レールの連結部のボルトと枕木の真新しさからみると、線路は敷設《ふせつ》されたばかりであることは間違いない。あたりは広大な廃品置場、あるいは操車場の跡地に見えないこともなかった。しかし放置された土地に漂う荒涼感はなく、むしろ何か慌ただしい作業が唐突に中断された直後の静寂を思わせた。

しばらくすると、静けさを破って背後から地鳴りに似た重い響きが伝わってきた。その低い唸りが、急にエンジン音となって空気を震わせるのとほとんど同時に、地下道から工事用ディーゼル車が這い上がってきた。厳《いか》つい車体の威圧的な動きに、一瞬、私は逃げ足となったが、すぐにそのまま闇の中を遣り過ごすほうが無難だろうと判断した。しかしディーゼル車は近づいてくるにつれてスピードを緩め、背後から鋭く甲高い警笛を鳴らした。

私は無視して歩き続けた。警笛が今度は長くはっきりと威嚇するように闇夜に響きわたった。振り返ると、運転士らしい男が窓から顔を出して手招きしている。もはや覚悟を決めるしかなかった。

運転席の隣に、背の高い別の男が立っていて、警察官やガードマンの服とも少し違う、初めて目にする濃い土色の制服を着ていた。

「なにしてんだ」

とその男が言った。

「なんで作業現場を離れて、勝手にこんなところを歩いてんだ」

男はディーゼル車から飛び降りながら繰り返した。こうした場合、同じ出任せにしても、もっともらしい具体的な言い方をして牽制《けんせい》した方がいいのか、曖昧な答えで時間稼ぎをした方がいいのか、私はとっさに迷った。

男は煙草をくわえ、私を見据えたまま両手でポケットを探りはじめた。

「おい、ライター持ってるか」

と男は振り返りながら運転士にきいた。私は緊迫した時間が一瞬だけ弛《ゆる》んだように感じた。するとその隙を突いて、自分の口から思ってもみなかった言葉が飛び出した。

「きみ、知らないはずはないだろう」と私は冷静な口調を作って言った。「ここは火気厳禁だよ」

瞬間、男は怯《ひる》んだように見えた。私は間を置かずに追い打ちをかける。

「安全規則はちゃんと守らないとだめだよ。それから、念のためにきくけど、作業通行証を持ってるだろうね」

「なんだ、それ」

「先週、通達が出たのをまだ知らないのか」

「おい、今の話、きいたか」

男が運転席に向かって大声で呼びかけた。運転士は怪訝《けげん》そうに首を振っている。少し間がで
きて、私はこのとき、ところどころ塗装が荒れて赤褐色のボディが剝出《むきだ》しになっているディー
ゼル車に、小さく東京都の銀杏型のマークが入っているのに気がついた。

「都庁の特務局に早く連絡しないと、後で面倒なことになるよ」

私は思いつくまま言ったものの、明らかにやり過ぎだった。

「トクムキョクって、何のことだ、聞いたことないぞ」

男はにわかに不信感を募らせた。

私は居直って、自分の方から先に威圧的に身構えた。

「新しいプロジェクトのために臨時に作られた司令センターだよ。そんなことも知らなくてよ
く仕事ができるな、あんたたち、いったい何なんだ」

「何なんだって、それはこっちこそ聞きたいね。あんたここで何してんの」

と今度は運転士がデッキから降りてきて、口をはさんだ。

「ここじゃお互い、任務の内容は極秘のはずだろう」

私はわざと苛立つような口調で言った。

「ちょっと待て、さっきから知ったふうな口をきいているが、どうもあんたの言うことは変

だ」

土色の制服を着た男の反撃で、たちまち状況は危うくなった。

「新宿から石油が出るとなると、どうしたって最初は秘密のプロジェクト・チームで調査するしかないだろう。社会的影響が大きすぎるからね」

私は声を落として呟くように言った。

「なに、石油？」

と二人の男はほとんど同時に叫んだ。

「おい、石油が出るっていう話は本当だったのか、噂だけじゃなかったのか？」

運転士が勢い込んで言った。私は石油という言葉の思わぬ効果に驚いた。

「本当かどうかわからないよ。それに、知っていたにしろ立場上はっきり言うわけにいかないしね」

「どこか中心になって動いている石油会社はあるんだろう？」

土色の制服の男の声は、こころなしか少し卑屈な調子になった。

「太陽のマークの会社なのは、誰だってわかっていることさ」

運転士は鎌を掛けているつもりなのだ。もちろん私は何一つ知らないので、ただ大げさに困惑した表情を作ってみせた。

「下手な芝居したって駄目だよ」

といきなり土色の制服の男が大声で笑いだした。

私は場を取り繕う余裕を失い、黙ったまま二人を見つめた。

「そうさ」と運転士が続けた。「いくら関係者のふりしたってわかるよ。あんたは証券会社の調査員に決まってるさ。都や区の工事関係者なら石油のことを口にするはずはないもんな」

緊張が溶けて、私は訳の分からない笑いが込み上げてきた。

「もう行かないと遅れるよ」

私は二人を促した。それから彼らに背を向けて、思い切って歩きだした。たちまち背後で冷たい沈黙が広がった。私は自分の緊張を覚《さと》られないように、意識的にゆっくりした歩み方で元の道に向かった。しばらくしてふたたびディーゼル車の重いエンジン音が響き、少しずつ遠ざかっていった。

私は闇のひっそりと沈む砂丘の斜面を上っていく。

風が絶えず吹いている。しかも地を這い足元から上ってくる風と顔のあたりを吹き抜ける風とがあった。顔はほてるのに、体の芯が冷えていく感じがあるのは、そのためかもしれない。

砂丘の上に立つと、遠く闇の地平に安田海上火災ビルからヒルトン・インターナショナルにいたる超高層ビル群の黒い列柱が浮かび上がっていた。

影が動く気配がして、月が雲の切れ目から現われた。

砂丘の下り斜面は、闇が透けてわずかに白々と明るくなる。丘の下に続く砂原を覆う蒼ざめた薄闇は、まだ凍てついた湖水のように動かない。私はその中へ下りていった。

しばらく進むと、前方にサーチライトの明かりが集中している区域が淡く浮かんで、作業用プラットホームが見えてきた。私はディーゼル車の線路の延びている方向を手がかりにして歩いていたのだが、いっこうに砂原の様子に変化はなく、同じ場所を回り続けているだけなのではないかと不安になり始めたところだった。

試掘井の作業プラットホームの周囲は、大小のパイプ、ホイスト、ケーブルといった器材が雑然と置かれ、方々に泥土が山をなしていた。もし今あの角筈陸橋の近くの空閑地にあった砂場を見れば、この場所はどう映っているのだろうか、と空間の得体の知れぬ反転と捩《よじ》れの秘密が私の頭をかすめた。私の姿はもちろん、試掘作業の現場もミクロの粒子のように小さく、そこからはほとんど何も見えないはずなのだが。

私は大勢の作業員たちの活気に溢れた賑やかな作業の様子を予想していたのだが、試掘現場は不気味なほどひっそりしている。もちろん巻き上げ装置や回転ビットの動力音は絶えず夜の空気を震わせているのだが、そうした機械類や鉄材も強力な投光器の明かりに不本意に晒《さら》されているという感じだった。ただ、オイル・シェールあるいはオイル・サンドと呼ばれるものなのだろうか、黒褐色の粘土と土砂だけは引き上げられたばかりの深海魚のように妙に生々しく光っている。

新しいドリル・パイプを運んだり、掘削エンジンを点検しているわずかな人影がときどき見えるのだが、ヘルメットを被っていることを除いては、ネクタイに背広というおよそ作業員らしくない姿の者たちばかりであった。都庁の事務官が臨時に動員されてきたのだろうか。彼らは作業現場のすぐ傍に部外者の私がいることなどまったく意に介さずに、ただ黙ってぎこちなく動き回っていた。

最初は生暖かい微風だった。しかし急に砂が渦を巻いて、強い熱風が来た。砂塵の帯が走りだし、砂原が次々と捲《まく》り返された。私は身を丸めてうずくまり、そしてふたたび顔を上げて立ち上がったときには、まったく帰路を失っていた。ディーゼル車の軌道が砂に埋もれてどこにも見えない。

私は闇の彼方に小さく重なり合った超高層ビル群を目標にして歩き始めた。進むにつれて砂地がだんだん浅くなっていく。ところどころ雑草の生えた一画も目立ってきた。

いつしか砂原が消えて雑草地だけが広がり、たくさんの野芥子《のげし》が咲いている。そのなかを、はたして誰が通るのか草が踏みしめられ、わずかに道らしきものが続く。

先を目で辿ると、道は緩やかな起伏で灌木の森に入っていた。下草が密集し、枯れかかった枝に何本もの蔓草《つるくさ》が絡みついている木もある。私は少しためらったが、もちろんそのまま進むしかなかった。

茂みに入ったとたん道はやや下りになり、湿り気をたっぷり吸いこんだ腐葉土の発酵するような匂いが空気に漂い、徐々に深い森の気配が濃くなっていく。

おびただしい羊歯《しだ》類が腰の高さまであって下が見えない。私はたまに気味の悪い柔らかな得体の知れないものを踏んでは、そのたびに臆病な動物のように叫び声を上げた。

高い梢に薄く日の光が射し始めている。

鳥たちの声が大きくなっていく。

安堵感とともに、私は急に疲れを感じた。そしてしばらく立ち止まって呼吸を整えながら、鳥たちの声に誘われるように行く手を眺めた。すると入り組んだ枝葉を透かして、超高層ビルの白い壁面がすぐ近くに見えるのに気づいた。

私は駆け出して、一気に外へ倒れこむように森を抜け出た。来た道を振り返ると、〈ミニ・サンクチュアリ・新宿野村ビル〉という立て札が目に入った。そこは地下一階の野村ホールの入口から地上へ、なだらかに広がる扇形の斜面を利用して作られた椽《くぬぎ》と椎の木の植込だった。下から仰ぎ見るとその庭は大小の木々を配した神殿を思わせた。

4

私は植込の脇のベンチに座った。全身に微睡《まどろ》みから醒めた直後に感ずるような気怠《けだる》さがある。しばらくすると、手にウイスキーグラスを持っていることに気づいた。誰かが笑いながら自分を呼んでいる、しかしどうしても返事をする気にならない、まわりの気配がおかしい、と私は奇妙な不安感に駆られて勢いよくグラスを口に持っていった。そのとたん手が滑り黄色の液体が胸元にこぼれた。

「どうしたんだい、大丈夫かい？」

徳富がティッシュペーパーを差し出しながら言った。由紀子は大きな溜息をついて、シャツを脱ぐように命令した。

「まだそんなに飲んじゃいないだろう」

と島崎は新しく作ったウイスキー・サワーをよこした。

「どうして秘密にしておく必要があったのかしら」と徳富の妻が、私の小さな失態など無視して真剣な面持ちで言った。「井戸だか穴だか判らないけど、今の新宿の話のこと。どうして？」

「そうだよ。それで結局何なんだ、その話は。おれ、しんみりしたらいいのか、大笑いしたらいいのか、迷ってんだよ。はやいとこ決着つけてほしいね」

と島崎が賑やかに促した。

「別にそういう問題とは関係ないでしょう」

島崎の妻は宥《なだ》めるように言い、酩酊の進んだ私を困惑したようにちらっと見た。

なぜ石油の試掘作業を秘密にしておく必要があったのか。私が「穴埋めレポート」を読んだ限りでは、微かな油徴が見られたことには関係なく、その掘削には別の目的があったことは明らかだ。例えば、ある写真週刊誌に載ったという記事が、小説でそのまま引用されている。

（前略）そもそも最初から各種のゴミ、とりわけ特殊産業廃棄物を投棄する目的で掘られた穴ではないか、という推測も可能なのだ。東京都運輸交通局の地下鉄運転士M氏（四十八歳）は次のように証言している。

「わたしの場合は短期間ですが、かなり集中して穴にはいろいろなものを捨てました。上から極秘だと何回も念を押された上で、特殊な機動車を使ってゴミを運んだだけです。地下鉄丸ノ内線に乗り入れができる臨時の支線が作ってあったんですよ。もちろん特別手当はもらいました。ゴミの詳しい内容はわかりませんが、東京都の機密文書かなと思ったこともあれば、コンクリートで密封したドラム缶なんかだと、核燃料の廃棄物じゃないだろうかと、少し疑ったこともあります」

さらに次ページに、別の証言者の記事が引用されている。

東京都がゴミの投棄を開始する当日、お祓《はら》いをするために特別に呼ばれたH神社の故W宮司と親しかったという新宿センタービル内のあるハードウェア会社の幹部社員（六十三歳）によると、次のような事実があったらしい。

なるべく古式に則った加持祈祷をしてほしいと言われ、まず穴に八〇貫＝約三〇〇キロの塩を入れて清め、それから境内から運んだ一番大きな力石を落として祈祷した。ところがまわりが騒々しかったため、誰も気がつかなかったらしいが、石が穴の底にぶつかる音がいつまでもしなかった。決していい加減な祈祷をしたわけではないのに、力石で穴の底が抜けてしまったとW宮司は生前ひどく気に病んでいたという……。

「穴埋めレポート」のこうしたエピソードから考えれば、都庁舎の超高層ビルは、ある奇妙な秘密の来歴を持つ底なしの穴の上に建てられていることになる。

「石油の試掘の跡だか、核廃棄物用の穴だか、どっちなんだろうね。ゴミで埋めちゃった井戸がどういう復讐をするのか、それもどうなるのか心配だけど、とにかく小説のことでよかったよ。だから、志村の話はこれでおしまい」

と徳富は飲み残しのブランデーを口に運びながら終了宣言をした。

「なんだ、やっぱり小説のことなのか。のんきなもんだ」

と島崎が応ずるのと同時に、私を除いた全員が申し合わせたように、意味不明の笑みを浮かべた。

「のんきって、何のことだい？」

気分がざわめき私は呟いた。すると、せっかく晴れかかった天気にまた雨雲を呼び戻されては堪らないとでも言うように、全員が私を無視し、ふたたび賑やかにそれぞれ料理に手をのばし始めた。

話題は仕事上の愚痴、日中の貿易問題、環境危機、いつも定番の昔の担任教師の悪口、グルメ情報と移った。そして由紀子がコーヒーの準備にかかる頃、島崎がトイレから戻ってくるなり言った。

「変だね、たしかに上の方から子犬の声が聞こえたよ」

「よしなさいよ。あなた酔ったんでしょう？」

と島崎の妻は冷たく言い放った。

「それは犬と思えば犬に聞こえる、ただそれだけのことじゃないの？」

徳富はそう言うと由紀子にドライバーを求め、換気扇を少し分解することになるけどいいだろうか、と訊いた。

「どういうことだい？」

私は徳富と一緒に立ち上がりながら言った。

「たぶん、羽根が回転するときのノイズだと思うけど」

「おい、徳富、おまえにそんな特技があるとは驚いたな」

と島崎も立ち上がったのに続いて全員がトイレへ移動し、徳富の手元を黙って見つめた。換気扇のフィルターと回転羽根はすぐに外れ、確かに犬の声はなくなった。そして排気孔が黒い口を開け、奥から夜の闇の気配が静かに舞い下りてきた。私たちは顔を寄せ合って暗い穴を覗き込み、声をひそめて耳を澄ました。

冬の夜のはずなのに、闇の彼方から鳥たちの声が聞こえる。

島崎の妻と由紀子が顔を見合わせた。私にもはっきり聞こえた。何の鳥か判らないが、細く透きとおる鳴き声だった。その声は途切れず、聞く者の身体のなかへ静かに沁《し》み入るように続いた。

〈踊れ、喜べ、幸いなる魂よ〉

かすかにモーツアルトのモテットに似た曲も聞こえる気がしたが、他の友人たちも同じだろうか、でも聞こえてくる声や音は人によって異なるのかもしれないと私は思った。徳富夫妻もまた二人だけの何か特別な秘密の声を聞き取ったのか、互いに好奇の表情で耳を傾けている。

誰もがそれぞれの思いを辿り、逆さまになった井戸の底のような排気孔の暗い穴を見つめた。

5

私が席に戻ると他の者も後に続き、ふたたびおもいおもいの酒のボトルに手をのばした。皆まだ押し黙ったままだった。互いに自分の溜息が他の者の耳に障《さわ》るのではないかと気遣うほど、異様に静かな時間が過ぎていく。大通りの車の流れる音も聞こえてこない。

マンションの周りの部屋の住人たちの気配も感じられない。私はあたかも異次元の静寂の時間のなかへ運び去られたような気がした。ふと気がつくと時代はいつの間にか大きく進み、世の人々はすべて姿を消し、それを知らない自分たちだけがこの部屋にとり残されている、そんな思いに囚われた。

「さっきの鮭の記憶に関係したことだけどね」

と島崎が長い沈黙にいたたまれず、新しい科学情報を思い出して唐突に話し始めた。それに応じて、コンサートで楽章の合間の小休止を待ち構えて聴衆が一斉に咳払いを始めるかのように、全員が緊張を解いて島崎に顔を向けた。

――プラナリアは自分の身体が百分の一の小片になっても、全体を再生させる原始的な扁形動物だが、この種の生物としては最も複雑で、脳や目を持っている。そのプラナリアに強い光をあてた後に必ず電気ショックを与えることを繰り返し試みた。すると光を浴びたとたん身体を縮めることを覚えこむ。次に、そのプラナリアをまっぷたつに切ってみる。やがて尻尾の側と頭の部分から、それぞれ完全な二匹のプラナリアが再生するが、驚いたことに尻尾から再生した方にも同一の記憶が残っていたばかりか、そのプラナリアを切り刻んで、記憶をまったく持たないプラナリアに食べさせてみたところ、電気ショックの記憶がそっくり伝わることがわかった。この実験で判明したのは、記憶は物質として蓄積され、しかも他の個体に移せる可能性があるのではないかという事実だった……。

「これはアメリカのコーネル大学の実験グループが確かめたことだよ」

と島崎が最後に言い足したが、誰の返事もなかった。だからどうなんだ、という共通の思いがまるで深い疲労感のように広がっていた。もちろん島崎自身も同じ思いだった。うさんくさい実験の話だ、と反応する者さえいなかった。

しばらくすると、徳富が「地震じゃないか」と言って不意に立ち上がり、両手でテーブルを支えた。皆いっせいに電灯のフードを見上げたが、異変はなかった。

「違うか。揺れた気がしたけどな」

徳富はそう言って座り直した。

「徳富が地震といった瞬間に、頭に浮かんできた光景があったよ」と島崎は神妙な声で言った。「ゴミを引きずって神田川を上ってきた鮭が、仲間と一緒に川から淀橋の下の暗渠を通って、超高層ビル街の下水道に入り込んでから、どうなったと思う？　超高層ビルの地下の闇の中で、汚水を浴びた鮭たちが身を振り、猛然と暴れだすんだ。すると都庁のツインタワーが激しく左右に揺さぶられて、巨体が膝を折って倒れこむように崩れ落ちて、瓦礫《がれき》となってしまったんだ」

また沈黙の時間が過ぎた。どの酒のボトルもかなり前に空になっていた。散らかった空き瓶を由紀子がそっと一か所に集め始めると、それをきっかけにして徳富の妻が立ち上がり帰り支度をした。続いて島崎の妻が自分の前の汚れた皿を重ね合わせて由紀子に渡した後、窓辺へ歩いて行き、カーテンを少し引いて外の様子を窺った。そして「あっ、雪が降ってる」と驚きの声を上げた。

カーテンを開け放つと、部屋に銀色の光が流れこんできた。窓に全員の顔が並び、黙って雪を見つめた。外は不気味なほど明るい。しばらくして由紀子だけが窓を離れ、積んであった段ボールの中を調べだした。

「今から屋上に行って、花火をしない？」

と由紀子は皆の背後から明るい声で呼びかけた。

まず私が屋上まで階段を上っていき、扉が開くことを確かめてきた。それから三人の男が、手分けして花火の入った段ボールを屋上の出口の横に積み上げた。

由紀子は段ボール箱の花火に向かい、両手を合わせて拝むような仕草をしたように見えたが、すぐ思い違いと気づいた。

「燃しちゃって、かまわないのかい？」

と私は由紀子だけに聞こえるように小声で念を押した。

「もういいかな。この時のために集めてきたんじゃないかって、そんな気がするほどだから。よくわからないけど、そう思う」

由紀子は私の耳元でそれだけ言うと、最初に打ち上げる花火を選びにかかった。その後ろ姿を見ているうちに、もったいないと私は消極的な気分になったが、屋上へ出る非常用の重い扉を開けた。たちまち冷気が身を包む。ほとんど風はなく、雪は真っすぐに降り落ちていた。それでもビルの外は雪煙でかすみ、街明かりは見えなかった。環七通りも行き交う車の音がなく、平原の川の穏やかな流れのように静まりかえっている。

屋上に出て戸口の方を振り返ると、そこには大きく亀裂の入ったタイルが鈍く光る、屋根のない吹き曝《さら》しのコーナーがあり、全体に解体途上の廃墟の一角に見えた。とたんに私は錆びたドラム缶の列を思い浮かべ、既視感を覚えた。するとその時、こちらに向かって火の塊が襲いかかってきた。私が危うく身をかわすと、火は給水タンクに勢いよくぶつかって弾《はじ》け、色とりどりの火の粉が降り積もった雪の上に散った。戸口で歓声と拍手が起こり、私は駆け足でその賑やかな笑い声の中に飛び込んだ。そして島崎が私の肩を叩き粉雪を払った。

打ち上げ筒に転用したスチール製のごみ箱に据えた、ひときわ大きく重そうな花火に、徳富が器用な手つきで、ワンカップ焼酎の空き瓶に据えた蝋燭を近づける。猛烈な煙を残して花火は空に上がっていく。破裂音がして、大小の花の輪が二段階で広がり、赤と黄色の新しい光を帯びた結晶になった雪が次々と降ってきた。それから最後にもう一度大きな音がして、雪の中で火の粉が狂ったように乱舞し、青白い光が走った。

続けて別の花火の発射用黒色火薬の炎と閃光が、大きく鋭い爆裂音とともに戸口のコーナーを襲い、火の玉が夜空に飛び出していく。その華麗な炎の疾走がどんどんスピードを上げてぎりぎりの頂点に到ったとき、急に何かの力に突き動かされたかのようにマンションのビルの上空を旋回した。それからたくさんの彩りにあふれた火の塊が正確な編隊を成す群れとなり、地上への名残りを惜しむ余炎を明るく放ちながら、雪の夜の彼方に広がる闇へ向かっていった。

2 黄昏の果て――姿不見橋

1

秋の彼岸の中日、午後一時半。新宿西口の圓条寺。

河北恭一郎は今年も現われた。大きな枝垂《しだ》れ桜の樹蔭に立つ姿は、三回忌のときと変わらない。薄茶のジャケットにスポーツシャツ、白い帽子という出で立ちだ。

「もう四年たったなんて信じられないね。つい昨日のことみたいだ」

と私は声の弾みを抑えて言った。友人たちも微笑で応じている。

桜の隣に柿の木が枝を伸ばし、小さな青い実を付けている。葉が揺れて、カラスが止まり、艶やかな翼を広げながら、チューブから出したての白い絵の具のような糞を派手に落とした。前も同じ場所で、カラスがこちらを見ていたような気がする。

予定の時間に集まったのは河北恭一郎と私の他に、河北の妻の晃子、千倉雄二、佐貫孝、原田美紀とその孫娘の紗織の七人だった。

学生時代、私たちは児童文化研究会に所属する仲間だった。今となっては、なぜそんな生真面目なサークルに入ろうと考えたのか、教職志望だった美紀を除いて、はっきり理由を覚えている者はいない。恭一郎は一年の就職浪人の後、広告関係の業界新聞社に潜り込み、三十七歳のときに大手の広告代理店に引き抜かれた。佐貫は外資系の製薬会社に臨時社員として入ったが、一人娘のアトピーを治す目的で始めた食材の研究が昂《こう》じ、妻の実家の資金を頼って自然食品会社の経営者に転じた。私は小さな文芸出版社の編集の仕事を経験してから大学院に入り直し、三十代半ばを過ぎて私立大学の教養課程に文学の講師の口を得た。

恭一郎は広告プロデューサーとして、健康に用心深いような野放図のような生活を送ったが、五十八歳の秋の彼岸に近い日、職場のエレベーターの中で心臓が永遠に機能を停止した。子どももはなく、妻と一匹の茶色のぶち猫が目黒のマンションに残され、本人は両親の眠る新宿西口の圓条寺の墓に入っている。

「さあ、そろそろ行こう。ちょうど陽が陰って、涼しくなって来たから」と電鉄会社を退職したばかりの千倉が皆に呼び掛けた。「夜は雨になる予報みたいだね」

千倉と一緒に空を見上げた美紀が、恭一郎に快活な表情を向けた。

「河北さんは、いいわね。どんなに雨が降っても濡れなくて」

「そんなこと羨ましがってどうするんだい」

恭一郎と美紀だけが笑った。その笑い声を先頭に、千倉と私が続き、その後を晃子夫人が重そうに足を運ぶ。十八の誕生日を過ぎたばかりの美紀の孫娘は、列から少し離れてついてきた。

残暑の蒸し暑さの中を皆は黙ったまま、青梅街道を駅の方向に進んだ。歩道脇の細長い換気口から、黴臭い湿気が立ちのぼり、地下に響く電車の重々しい軋《きし》りが足元に伝わってきた。

「前と違う道順だけど、いいのかな？　佐貫さんが迷うんじゃない？」

と信号待ちの人込みの前で美紀が足を止め、恭一郎に訊ねた。

「それは、ちゃんと考えているよ」

「どこでも付き合うぞ。そのための集まりなんだから」

私は友人たちの声を代弁して言った。

新宿西口の超高層ビル街の外れが河北恭一郎の故郷だった。三回忌の秋の彼岸に親友たちが集まり、彼が幼少年時代を過ごした界隈の追懐の散策を楽しんだ。しかし登攀《とうはん》許可を得られずに諦めた富士登山が心残りのまま別れたのである。

「みんな、ありがとう。紗織ちゃんまで、わざわざ来てくれて、うれしいな」

恭一郎が改まった声で礼を述べると、紗織は緊張気味に口を開いた。

「いいえ……。あのー、覚えていますか？　小学校のときに下さったカエルの縫いぐるみ。あれ、まだ持ってるんですよ。ダイスケっていう名前です」

「そんなこともあったか」

青梅街道を跨《また》ぐ長い陸橋を渡る。橋は超高層ビルから落ちる長い影に浸され、その中を人々が行き交う。私たちは橋の中央に差し掛ったところで、跳ねるような早口の中国語で喋る一団と擦れ違った。

灌木の密集した植え込みを覗きながら階段を下り、両脇に迫り上がる灰色の壁面を見上げたとき、私は砂岩の切り立つ渓谷の底にいるような気がした。その谷間の道に扁平な車体の黄色いスポーツカーが、あたりを威嚇しながら滑り込んできて、爆音と黒煙を残して去った。

「おーい、みんな、待ってくれ、おれだよ。間に合ってよかった」

白いジャケットの日焼けした男が、腹を突き出しながら小走りで近づいてきた。

「おう佐貫、きみ、また体重をふやしたみたいだな」

恭一郎が嬉しそうに手を伸ばして迎えた。握手の後、佐貫は相手と自分の掌を見くらべながら、感嘆の声を洩らした。

「軽い手だな。こんなに軽いとは知らなかったよ」

「相変わらずね、何でもすぐに感心しちゃって」

「やあ、美紀さん。変わりない？」

「まあまあね」

「ご亭主は、その後どう？」

「フルタイムじゃないけど、通販会社の契約社員。それも来年の三月まで」

「きみたち、声が大き過ぎるぞ。そんな話、こんなところでするなよ。さあ、早く行こう」

千倉が促すと、そのとおりですと言わんばかりに、晃子夫人が先頭に進み出た。それにつられて美紀の孫娘も前に移った。佐貫は恭一郎と私の間に入り、二人の顔を交互に覗きながら話し始めた。

「オーストラリアで変な光景に出くわしたよ。洗剤を浴びただけなのに、黒っぽい虫がぽとぽと地面に落っこちてきてね、豆粒みたいに散らばるんだ」

マグロの養殖地の調査の帰途、キャンベラの郊外で目撃した害虫退治の光景だという。公園のユーカリに大量発生した毛虫を中性洗剤の希釈液で駆除したらしい。

私の脳裏にぞろりと毛虫が湧きだした。虫たちは死ぬどころか、虹色に輝く気泡を嬉しげに身に纏い、葉の間を蠢《うごめ》く。泡だらけの木立が風にそよぎ、シャボン玉が乱れ飛ぶ。

市当局の委託を受けた衛生会社が行なったユニークな作業の見聞談が続く。「害虫」という言葉の連発が耳障りで、私は冷ややかに聞き流すだけだった。

佐貫は急に声を強め、「どうだ、志村。文明の不条理を感じないか?」と訊いた。

「どうと訊かれてもね……。とにかく、中性洗剤とはずいぶんゼイタクだ。さっさと殺虫剤をまくほうが、はるかに安上がりじゃないか」

健康食品会社を経営している佐貫はかつて盛んにベジタリアンへの改宗をすすめたことがあ

った。身体に安全な野菜を届けてやるから、おまえも食生活を変えてみろよ。あまりにうるさいので、フランケンシュタインの怪物もヒトラーもベジタリアンだったそうだよと嫌味を言ったが、まったく動じなかった。この男のタフな説得癖は、学生だった四十五年前と変わらない。

佐貫は大学のサークルで知り合って間もないある日、ヘルメットを抱えて部室に現われ、日韓条約批准反対デモに参加せよと紅潮した顔で訴えた。日本の悪の総帥・佐藤栄作とファシト軍人・朴正熙《ボクセイキ》が手を組むんだぞ、これに反対せずして民主主義など二度と口にするな、志村、河北、きみらは当然行くだろうな、と。

佐貫は高校から予備校時代にかけてマルクスの主要著作をすべて読了した男で、その頃はマルクーゼとかルフェーブルの本を読み進めている最中だった。そうした勉強の成果と児童文化研究会の活動方針を結びつける遠回りの理屈に付き合えるのは、恭一郎だけだった。

国会議事堂に向かうデモのうねりに揉まれているうちに、公園の敷石を慣れた手つきで投石用の大きさに砕くグループの中に私だけ押し出され、しばらくその下請《したうけ》作業を手伝った。

集会のあった赤坂の清水谷公園に戻ると、恭一郎がベンチの端で身を縮めていた。呼び掛けてもすぐに返事はなく、虚ろな目を上げた。

「腹が痛くなっちゃってさ。まいったよ。駅で飲んだ牛乳のせいだな」

と恭一郎は憔悴《しょうすい》した声で言った。

「おれも飲んだけど、何ともないぞ」

「朝飯抜いて、すきっ腹だったからな」

「どうする？　大丈夫か？」

「帰るよ。金もってる？　少し貸してくれよ。奨学金、入ったばかりなんだろう？」

「二千円でいいか？」

「おう、すごいな。上等だ」

割りの良いアルバイトが一日千円の時代だった。原子力潜水艦スヌークの入港の抗議に横須賀へデモに行った帰り、三人そろって日当三千円の仕事をやったときは、饗宴に近い気分になった。横浜で下車して港で野宿し、翌朝から貨物船の荷物の積み下ろしをしたのだ。三〇キロの重さの飼料袋を肩に担いで、トラックに運ぶ。いっぺんに二袋、反動をつけてひょいと器用に担ぎ上げるリーダー格の老沖仲仕《おきなかし》の神業に、思わず見惚れてしまった。一日やっただけで疲労困憊《こんぱい》したが、それでもむきになって二日間耐えた後、中華街で豪華な焼きそばを注文し、ビールで乾杯した。その晩、私と恭一郎はシャワー設備のある佐貫の下宿に泊まった。

ところが翌朝、恭一郎は腹痛で苦しみだし、救急車を呼んだ。白衣の男たちが担架を車に搬入するとき、「本物の救急車の中って、こうなってるのか」と私は幼児っぽい興奮の呟きをもらしてしまった。

青梅線の羽村から両親が病院へ駈けつけ、恭一郎が先天的な腸狭窄症であるだけでなく、心臓の右室に持病があることを初めて知った。物腰の柔らかい年取った父母で、恭一郎の容態が落ち着くと居心地の悪くなるほど何度も礼を言われ、近くの食堂で昼食までご馳走になった。自分たちは何も食べず、母親が私たち二人の前に割り箸をそっと揃えた。父親は湯呑みを脇に移し、半ば目を閉じるような静かな表情で喋りだした。

「そのー、お聞き及びでしょうが、いろいろわけがありましてな。うー、生まれてすぐに、わたしどもが引き取った子でして。この母が四十五になったばかり、わたしは五十三歳になっておったです。恭一郎は、しょっちゅう病気ばかりしておって、はたして無事に大きくなるものやら、心配のしどおしだったですよ。いやー、でも、高校に入ってから急に丈夫になりましてな、ハンドボールのほかに新聞部の活動もずっと続けるくらいで。そのー、安心しておったんです。し、しかし、まあ、気を許しちゃいかんですな」

　恭一郎自身から、一言も聞いたことのない事実だった。舌がもつれ気味で、歯から息の洩れる父親の話に付き合いながら、本人を無視してこんなことを知ってはまずいぞ、という緊張した思いが全身に貼りつき、私は昼の定食を味も判らず、せかせか口に運んだ。

「恭一郎から聞いておるかもしれませんが、いやー、もう養鶏場はやっておりません。もっと広げるつもりで羽村に立ち退《の》いたんですが、いや、まあー、移転のときの説明と違って、近所からものすごい反対にあいましてな、そのー、結局やめたんです。それでもまた一苦労あって、まー、ようやく落ち着いたところで」

「ちゃんと闘い方があるはずですよ。恭一郎は何て言ってました?」

佐貫が気色ばんで言葉を挿んだ。

「いやー、まあ、それはもういいんです。私たちも年だし、やめる良い潮時だったということで」

恭一郎の家は新宿西口・十二社《じゅうにそう》の池の近くで、採卵用の養鶏場を経営していた。昭和四十年、淀橋浄水場の閉鎖に伴って、あたり一帯が超高層ビルと公園のための再開発地区となったのである。十二社の池は、私にとってもなつかしい場所だった。

「そう言えば、大池のほとりに、珍しい桜の木がありますよね？」

「おー、よくご存じだ」

「子どものころ、よくボートに乗りに行ったんです」

「ああー、十月頃に二度咲きをするんで、地元の者なら昔から知っていた。まあ、五、六本の枝が花をつける程度だったが、そのー、楽しみでね。いつだったか新聞で紹介したものだからまー、人がわんさと押しかけてきた」

「今はどうなっているんでしょう？」

「さあ、どうなっているんでしょうか。でも、私たち、今のことはなるべく考えないようにしているんです」

母親がそう言って、店の時計に目を遣った。

十二社の池は完全に埋め立てられて更地となり、身ぐるみ剥がれた熊野神社だけが寒々と丘の上に残った。南北二〇〇メートル、東西五〇メートル、豊かな湧き水を水源に持ち、かつては滝さえあった池、江戸時代から景勝地として知られ、屋形船も浮かんだ賑わいの場所が、関東ローム層の赤土の原野に戻った。だが、それも束の間、巨大な細長いビルが大地から生え出るように並び始めた。

2

櫟と小楢《こなら》の木立だろうか、夏の陽射しをたっぷり蓄えた枝葉が、街路まで勢いよく伸びている。〈ミニ・サンクチュアリ〉と名づけられた植え込みが、野村ビルの西側の一角にあり、地下一階から地上への吹き抜け構造の斜面に小さな森を成していた。

下から見上げると、緑に萌え立つ空気の流れがよく判った。木々の間から風が生まれ、森がゆったり呼吸をしている感じだ。椋鳥《むくどり》を何度か目撃したことがあるので、ささやかな「聖域」の役割を果たしていることは確かだろう。

私たちはずいぶん長い距離を歩いてきた気がして、ベンチに座り森を見つめていた。黒っぽい実を付けた木もあり、「そこの正面にあるやつは、山法師かな?」と私は誰に問うわけでもなく言った。恭一郎の妻が立ち上がって森に歩み寄り、葉を一枚手に取って答えた。

「山桑じゃないかしら。ちょっと似てますけど、山法師の実はもっと赤くて、時期がもっと先です」

美紀はベンチを立ち、自動販売機の前に立った。

「こんなところにサンクチュアリ作ったって、鳥なんか来ないんじゃないかしら。みなさん、飲み物は？　コーヒーでいいですか」

恭一郎の妻だけは緑茶を選んで、森の奥へ目をやった。

「ちゃんと鳥が来る森ですよ。ほら、あの橡の幹を見てください。縦に裂目が入っているあたり。わかります？　空洞になっていて、樹液が出ているでしょう。ああいうところ、〈虫たちの酒場〉って言うんです。今はシジミ蝶とカナブンしかいないですけど。とにかく、ここにたくさん昆虫たちが集まって来ることは、鳥たちもかならず知っています。下草があまりなくて、ちゃんと陽射しが差し込む森じゃないと、木は痩《や》せて樹液も出さなくなるんですよ。アザミとかキキョウなんかが、ぽつんぽつんと咲いているくらいの環境だと最高」

「晃子は、花の写真を撮るカルチャー・スクールに通ってたんだ。十年くらいたつかな。それがきっかけで、草花の勉強をするようになってね。本当は、早めに退職して、八ケ岳山麓の長坂で田舎暮しをしようと計画してたんだ」

「長坂ですか？　わたし、中学のとき、サマーキャンプで行ったことあります。オオムラサキで有名なところ。あの蝶々、見たんですよ。つやつやしたような紫色で、榎《えのき》の森の中を飛んでました」

紗織が嬉しそうに話に加わった。

このとき私の上着の内ポケットに振動が伝わり、マナーモードの携帯電話が呼んだ。しばらく無視してから、メールを確かめた。

〈さっきはありがとう。だいじょうぶ？　まったくむちゃなんだから。徹夜明けなんかで、来ることないのに。疲れていると、失言が多くなるんだもの……〉

ここから文字化けした意味不明の記号が混ざった後、不意に文が生き返っている。

〈覚えてるでしょう？　きみの性格は地味だから助かるよ、ですって！　見た目と同じでなくてよかった、ですって！　ほめてくださって、ありがとう。でも、お望みなら、いつでも派手に立ち振る舞って差し上げますので、忘れないでね。じゃ、また。金曜日、待ってます。真奈美より〉

名前を確認して、私はたじろいだ。もう別れて五年以上たつ女だ。なぜこんな昔のメールが、今ごろ紛れ込んでくるのか。私は新宿野村ビルを見上げ、超高層ビル街にいることの因縁めいた符合にたじろいだ。

真奈美は生活科学部に所属する新聞記者で、佐賀の店が催した講演に取材で訪れたときに知り合った。どうせすぐに終わらせる関係と思い定めていたので、誰にも話してはいなかった。

講演の帰り、たまたま一緒になった山手線の電車の中で、私が新宿超高層ビル街で体験した話を紹介すると、彼女は名刺を取り出し、自分のプライベートな電話番号を書き添えたのだった。

ついこのあいだ、こんなちっぽけな土の上に、たくましく生えている一本の草を見たんですよ、と私は吊り革から下ろした手で、土塊の小ささを示した。真奈美は手の動きに沿って指に目をやり、それから私を見つめた。美人ではないが、明るい華やかな表情があり、笑うと左の頰にえくぼができた。

——三週間くらい前のことですが、ヒルトンホテルで会合の予定があったので、駅から中央通りをしばらく進んでから、住友ビルの広場を横切って、北の街路へ抜けるつもりで歩いていたんです。少し時間に余裕があったので、夕暮の広場を見渡せるベンチに座って、買ったばかりのレコード雑誌を開きました。しばらくして、後ろの方から、母親を呼ぶ幼い声が聞こえてきたので、振り向きました。街路表示の案内板の下で、四、五歳くらいの女の子が身を屈めて、何かを見ているんです。そして、「あら、かわいいわね」なんて言いながら、母親も覗きこみました。二人が立ち去った後、何を眺めていたのか、私は確かめに行ったんです。コンクリートの隙間に溜まった土から、ボールペンほどの丈の茎が小さな葉を伸ばして、白い花を咲かせていました。土と言っても、大匙《おおさじ》一杯くらいの砂混じりの塊ですが、そこにひょろりと立っているんです。草はニラでした。たまたま吹き溜まった、一握りにも満たない土塊を頼りに、ニラが枝葉を伸ばして、花をつけたんですね。葉を摘んでつぶすと、あの独特な濃い緑の匂いがしました。花は枝先に白い糸くずを絡ませたようで……。超高層ビル街の真っ只中の小さな荒野で育まれた、ひそやかな、しかも強い命の営みを見た思いです。あのニラの姿、今でもまだ頭のなかにくっきり浮かんできます。

親しい間柄になってしばらくたった頃、真奈美が高校生のときから小説を書いていることを知った。「ニラの話、使ってみたの。ちょっと読んでみて」と言われたときには、何のことかとっさには判らなかった。

——真奈美と同年輩の女が、誕生日に一人、ホテルの三十四階の窓から薄暮に沈む神宮の森を眺めている。だが、カーテンを閉める瞬間、仄かな薄緑の残像が意識に漂う。気になってもう一度外を見る。すると、窓枠の端に小指ほどの長さの草が一本斜めに伸び、白い花をつけているのが目に留まった。鮮緑色の葉と茎の頂に付いた細かな花片が風に揺れている。サッシの隅に溜まった砂塵のような土で生き延びているニラだった。見つめているうちに、女は呪縛が解けていくような感覚に包まれ、自殺を思い止まることにした。薬をトイレに流し、水音が収まったとき、ふたたび窓辺に近づいて外を眺める。ニラの花はもうない。

そんな内容の短篇小説だった。ベッドに持ち込んで楽しめる話ではない。私は原稿を枕元に置いて、目を閉じた。感想を求められて、このニラの役割、大げさじゃない？　自殺を思い止まるんじゃなくて、決行を一日だけ遅らせてみることにしたとか、それぐらいにしておけば、よかったかもしれない。あるいは、そんなところで生き延びている草を知ってしまった動揺が、何かちょっとした滑稽なアクションを誘い出すとか。例えば、死ぬまでの時間つぶしに、洗面所でストッキングを念入りに洗いだしてしまうとか。

真奈美は何も答えず明かりを消し、怒りに駆られたように激しく身体を寄せてきた。その荒々しさの正体を考えているうちに、こんなところで何をしているのか、とついには自分の生活のすべてが愚かしいものに思えてきてしまい、私は力の抜けた身を横たえていた。発作が収まるように静かになったとき、真奈美は耳元で囁いた。

「わたし、もうしばらく別れる気はないですからね」

遮光《しやこう》カーテンを開けると、強い西日が差しこんできた。私は狭いベッドで身体を丸め、微睡《まどろ》みのなかで勢いよく流れるトイレの水音を聞いた。日を覚ました時、真奈美の姿はなかった。

3

風に枝が鳴り、赤い木槿《むくげ》の花が落ちた。

「さあ、そろそろ行こう」

千倉が足を屈伸させながら言った。

「実はね、おもしろい近道があるんだ」と恭一郎はサンクチュアリの前に私たちを並べて訊ねた。「この植え込みの中を突っ切っていけば、まっすぐ山に着くんだけど、どうしようか?」

「突っ切るって言うけど、ここから斜面を一気に登っちゃえば、それでおしまいだろう」

私の言葉を無視して恭一郎は続けた。

「中に入ったとたん広々した森だと判るよ。青梅街道から鳴子坂に行く道は一本だから、迷うことはない」

「わたし、先に入って、いい？　紗織、一緒においで」

美紀の呼びかけに紗織はためらっている。

「虫除けスプレー、持ってないもの」

「そうだったわね」

「この森なら、蚊に喰われるような心配はないだろう」

恭一郎は木陰に皆を招き入れて呟いた。

「ほら、紗織、だいじょうぶみたいよ」

「みんな、ちょっと聞いてくれないか。このサンクチュアリから先に進む場合、ぜひ注意してほしいことがあるんだ。途中、どんな人間に会っても、驚いて声を上げたり、騒いだりしないこと。気を落ち着けて、そのつど、おれの言うとおりにしてくれ。あっ、それから、みんな携帯電話を持ってるね？　電源、必ず切ってくれ。メモリーが狂ったり、消去されたりして、使いものにならなくなっちゃうから」

美紀と孫娘が丸く剪定《せんてい》されたドウダンツツジをまたいで斜面を登りはじめた。やがて忽然と二人の姿が見えなくなったとき、私は冷たい鋼を背に当てられたような震えがきた。

最後に恭一郎と千倉と私が、サンクチュアリの森の中へ身を滑り込ませた。誰が通るのか草が踏みしめられている。先を目で辿ると、道はゆるやかな起伏で橡の枝葉の重なる蔭を抜け、遠くにトンネルの出口のような明るみが浮いていた。

「あら、こんなところにイチイの実。もう赤くなっているわ」

「食べられそうだな」

晃子夫人と佐貫がイチイの枝を引き寄せている。

「ええ、ほんのりした甘さがあって。でも、だめですよ、種は有毒だから噛まずにちゃんと出さないと」

「おーい、立ち止まらないで一気に歩いて行けよ。出られなくなるぞ」

森の中なのに、恭一郎の声が木霊のように反響した。すかさず千倉が不安げに訊いた。

「出られなくなるのか？」

「方向感覚が狂ってしまうんだ」

「きみのような立場でもか？」

恭一郎は答えず、曖昧に笑うだけだった。

楢《なら》の梢がざわめき、木漏れ日が道に斑の模様を落とした。出口と思った明るみは小高い頂で、道はさらに下って狭い湿地を通っていた。密集した下草の方から腐葉土の黴っぽい臭いが漂ってくる。道筋には羊歯が膝の高さまで茂っている。私は足元が不安定なまま強引に進むうち、得体の知れぬ柔らかなぬるりとしたものを踏みつけ、怖気《おぞけ》に声を失った。ふたたび上りになったとき、行く手に枝葉を透かして超高層ビルの鈍色の壁面が見えた。私は千倉に続いて森を抜け出た。

見慣れた超高層ビル街の光景が広がっている。新宿アイランドタワーが左にそびえ、さらに北通りを挟んでホテル・センチュリー・ハイアットが見える。

「何が近道だよ。何も変わらんじゃないか」

佐貫の呟きに私も同調したとき、背後から「あら、どうして？ないわ」という美紀の驚きの声が聞こえた。振り返ると森がない。サンクチュアリの出口らしい場所も、通り抜けてきたばかりの深い木立の気配もなく、消火栓とツツジの細長い植え込みがあるだけだった。

私はポケットを探り、わざと電源を切らずにおいた携帯電話を確かめた。日付の表示が解除され、年月日も時刻も空白の初期設定になっている。恭一郎の言ったようにメモリーも消えていた。

「さあ、急ごう。今日は富士登山だからね」

千倉が皆を促し、早足で歩きはじめた。恭一郎が「急ぐことない、むしろ早いくらいなんだ」と言ったが、耳に届いた様子はなかった。

紗織が幼子のように歩道の縁石の上を歩き、平均台を渡るような格好で両手を広げてみせた。私も歩くほどに心が軽く、酩酊に近い気分になってきた。

行く手のバス停から、老夫婦を挟んだ三世代の家族の一団が現われ、私たちの間を笑い声とともに抜けていった。

「一番前に、おれたちと同じくらいの年格好の男がいたろう」と恭一郎は後ろを振り返りもせず言った。「あいつもこの世に里帰りしているやつだよ」

「えっ、どうして判る?」

「判るものは判るのさ」

「こういう集まりって、やっぱり流行《はや》りなのね。じゃ、しかたない」

晃子夫人の独り言が不満の溜め息に聞こえた。私は後ろを歩く恭一郎の顔をうかがった。

「おい、聞こえた?」

「気にするな。こういうことって、いろんな感じ方があるのは当たり前だろう」

青梅街道を淀橋に向かって右に折れ、鳥居を潜《くぐ》って鳴子天神の参道に入ったとたん、静寂の空気に浸された。手水所《ちょうずじょ》の水鉢に青々とした銀杏の葉が溜まっている。

来た道を振り返ると、鳥居の上に東京医科大学の教育棟がのしかかり、その上をヒルトンホテルが長く空に伸びていた。

古い梅の木を囲む柵の前に、七個の丸い力石が半ば埋もれるように置かれている。「奉納・五拾八貫目」と薄く刻まれた字の見える一番大きな石に手を当てた。雨風で磨かれた石の肌は、気持ちのよい冷たさで掌に馴染んだ。恭一郎も隣にしゃがみ、慈しむように両手で撫でた。

「子どもの頃、どうしてこんな石が置いてあるのか、不思議でね。昭和の初めまで、石を持ち上げる力比べの行事があったらしいけど。おれ、一回だけ見たことあるよ。小学校三、四年のときかな。秋の祭りで阿佐ケ谷の花篭部屋から相撲取りがきてね。昇進祈願だったのかもしれない。地元出身の幕下の若者だったと思うけど、さすがだね、その中くらいのやつを持ち上げたんだ。それで力石って知ったんだ」

「例の石か、あれもここから運んだやつ？」

質問の意味が判らず、恭一郎は怪訝《けげん》そうに私を見た。

「ほら、超高層ビルの地鎮祭で使った石のことだよ」

「あれは違う。四ツ谷にある神社だよ」

七年前の冬、新宿ハイネスパークの地鎮祭に呼ばれた宮司が、五十三階建ての超高層ビルを支える重しを埋める神事を行なった。中央に深い穴を掘り、念入りなお祓いの後、まず塩を入れ、境内から運んだ八〇貫の力石を落として安全祈願をした。ところが、石が穴の底にぶつかる音がいつまでもしなかったらしい。宮司は力石で大地の底に穴が空いてしまったと報告したものだから、大騒ぎになった。工事の中止を進言したのだが、もちろん聞き入れられるはずもない。

不吉な予兆だったと言うべきか、ハイネスパークは落成を五日後に控えた明け方、突然、無人のまま崩落してしまった。いくら人気《ひとけ》のない時刻とはいえ、その瞬間の目撃者が誰もいない真空地帯の変事のようだった。原因をめぐってさまざまな検証がなされるなか、皮肉にもこの宮司の証言が最も脚光を浴びた。

直後、角筈橋を隔てて隣接する東京都庁舎北タワー・南タワーも、底の抜けた穴の上に建てられているという密かな情報も流れたが、ハイネスパーク崩壊の衝撃に掻き消されたまま、今ではほとんど忘れ去られている。

「そんな腰つきじゃ、とても無理だ」

私の冷やかしに、佐貫がだぶついた腹のことも忘れて両足を踏ん張り直し、気合いの掛け声とともに石を抱えた。石はびくともせず、紅潮した佐貫の顔が皆の笑いを誘った。

額にうっすら汗の浮かぶ佐貫の顔を見つめ、会うたびに白髪の増えていることを素直に共感したくなった。

4

本殿の前に皆を残し、私は富士の登攀《とうはん》許可をもらいに社務所に向かった。

鳴子富士は高さが約一九メートル、頂上に向かって渦巻き状に登山道が続く。途中、七福神の像が並び、一巡すれば神詣でも効率よく済ますことができる。公開されるのは正月四日だけで、普段は特別な理由がないかぎり開山しない。

登攀の目的は、あらかじめ考えてきたとおり、江戸時代から残る富士塚の研究調査のためと告げた。係の青年は応接室に私を案内し、奥に消えた。待つ間、メモを懐から出して、急ぎ目を通した。百科事典の解説を引き写したもので、細々した記述は頭に入っていない。

〈富士塚とは、冨士講（富士山信仰の講社）の人々が富士を模して築いた小山で、今も東京を中心に関東には数多く残っている。富士講は、六根清浄を唱えながら富士山に集団登拝する神道系の宗教で、十六世紀の終わりごろ、長谷川角行によって始められ、江戸時代中期に隆盛を見たとされている。富士山に登る代わりに小山を富士に見立てて登攀し、霊峰に遥拝する習慣も一般化していた。また……〉

部屋はソファーが一式だけで、飾りらしいものはない。正面の壁に下がる格言付きカレンダーだけが目立っている。「己れを小さくする謙虚さが、大きな心を育む」とあり、いつの閏年《うるうどし》のものなのか、日付は二月二十九日だった。

空調の冷気の吹き出し口から、金属板を切るような細い風の音が聞こえてくる。私は少し緊張を緩め、頭上の天井を一瞥《いちべつ》した。フィルターの枠が心なしか浮き、黒い淵が薄く覗いている。

「お待たせしました。けっこうです。八合目のあたりに道塞ぎの岩がありますので、どうぞ、お気をつけてお登りください」

白装束を着た痩躯《そうく》の老人が、柔和な笑みを浮かべながらしずしずと部屋に入って来て言った。

「私たち、富士塚を調べている研究グループでして、それで……」

「いやいや、けっこう。承知しておりますから。こういう時勢にあって、ご立派なお心がけ、敬服いたします」

私は慇懃《いんぎん》な笑いを作って礼を述べ、社務所を出た。友人たちは登山道に通ずる門の前に移動している。美紀が私の姿を最初に認めた。

「断られたのね。えっ、もう話がついたの？　よかった」

「おばあちゃん、わたし、蚊に刺されたみたいなんだけど」

後ろから紗織が、心細そうに祖母を呼んだ。

「しょうがないじゃない、しばらく我慢してよ」

「紗織さん、アレルギーなのか？　えーと、煙草なんか吸ってるやつ、もう誰もいなかったよな」と佐貫がせかせかと確かめた。「煙草の灰を水に溶かして、腕とか足に塗れば、虫除けになるんだ」

「そんな方法があるの。じゃ紗織、やってみれば。煙草、持ってるんでしょう？」

「もうやめたから」

事態が膠着《こうちゃく》しかかったとき、恭一郎が戻り、紗織を励ました。

「さあ、来なさい。薮蚊のことだったら、おじさんにくっついて歩けば心配ない。たぶん刺されることはないよ」

「無理させることないよ。先に帰してあげたら」

千倉の言ったことに、私も賛成だった。しかし恭一郎は即座に「それはちょっと面倒だな」と首を振った。

「サンクチュアリを抜けてきたろう。ぜんぜん磁場の異なるルートだからね。帰りの出口が限られているんだ。一番近いところで、中央公園の滝の裏か京王プラザホテルの植え込みかな。

たぶん、いっしょに行かないと迷うだろう」

「紗織さん、ちょっとおばさんといらっしゃい。ほら、ここに咲いている菊のつぼみ、つぶして腕とか首筋に塗ってみれば？　気休めにしかならないかもしれないけど、もしかしたらこの匂い、蚊が嫌うかもしれない」

除虫菊じゃないから、効果はないだろう、と私は思ったが、晃子夫人は白いつぼみをこじ開け、花びらを広げた。

「いえ、もういいんです。でも、この花、私にください」

紗織はハンカチに白菊を包み、細い革紐で肩から斜めに下がる赤いポシェットにしまった。

それから明るく張りのある声で言った。

「歩きながら、花のこと、いろいろ教えてもらえますか」

「あら、嬉しい。そうしましょう」

二つの声が先に立ち、傾きかけている小さな鳥居をくぐった。

本堂と社務所に挟まれ山は見えないが、登山道に向かう通路の敷石が生い茂る雑草に埋まっている。にわかに話が止まり、私たちは草を掻き分けて進む。イヌムギのような茎の先に穂を垂らした雑草が多く、進むごとに足元がざわついた。そのざわめきに重なって、超高層ビル街を行き交う車の音が遠く聞こえた。

荒れた竹藪の前に差しかかると、子どものころ氷屋でよく見かけた大きな荷台の古自転車が放置されていた。歪んだ車輪カバーに消えかかった字があり、「牛込区米穀商」とだけ判読できた。薮の奥には朱塗りの箱のようなものが覗き、よく見れば大谷石の上に祠《ほこら》が据えてあった。

「イラクサがあるみたい。気をつけて。うっかり握っちゃうと、蚊に刺されるどころの痛さじゃないから」

「これですか？」

「いえ、そっちはカヤツリ草」

晃子夫人と紗織のやりとりをきっかけに、賑やかさが戻った。

私たちは足に草を絡ませながら進む。

「何か変じゃないか？　富士まで、こんなに長い道のはずないぞ」

私も千倉と同じことを言うつもりだった。

「竹薮の近くにカヤの大木があったの、気がついた？　紫色の実がなってたやつ。ちょっと前はなかったように思うけどな。いきなり生え出たみたいだよ。道の雰囲気も、門の外から覗いたときとぜんぜん違うんだ」

「もっと早く言ったほうがよかったな」と恭一郎は箱から割れ物を取り出すように、そっと話しはじめた。「さっきから、じんわり思い浮かぶところがあるのさ。八坂富士って呼ばれていて、二十代の終わり頃に住んでいた練馬の家の近くだよ。覚えてる？　みんな、あそこには来たことなかったか。あの時期は、めったに会うことなかったからね。とにかく、なつかしいものをじっくり思い出していると、それがふわっと何かに運ばれてくるみたいに現われて、目の前の風景と交ざっちゃうことがあるんだ。だから、八坂富士の記憶が鳴子富士に溶け込んで、まぜこぜになったのさ」

「まぜこぜって言うんだったら、何だってそうでしょう。どんな現実だって、斑模様のパッチワークだから」

しばらく宙に浮いた美紀の感想を晃子夫人が引き継いだ。

「雑草の世界の方が、ずっとそうです。そこのブタ草は北アメリカ、花は枯れちゃってるけど、むこうの丸い葉っぱのカタバミも、たしか南アメリカから来たものじゃないかな。それと紗織さんの足の先に、ほら、ちっちゃな黄色の花があるでしょう、そのノボロ菊はヨーロッパのもの。どれもこれも帰化植物だらけ。自然って、まぜこぜのものなんです」

すれっからしのエコロジストの佐貫から小難しい一言がありそうだった。それは人為のもたらした自然でしょう、でも、人為の及んでない場所など、今はもう地球上に存在しないのは明らかで、むしろ地球全体が一つの巨大な都市、メガロポリスですからね、といった具合に。

しかし、佐貫は落ち着きなく周囲を見回している。金木犀《きんもくせい》の薫りが風に運ばれてきて、木のありかを探しているらしい。甘美な空気に惑乱し、一斉に列がほどけ、ばらばらに匂いの出所を思い定めて歩きだした。私は後ろから漂ってくる気がして道を戻り、佐貫は本堂の裏に向かって歩いていく。結局、金木犀は誰も見つけることができないまま、「さあ、行こう」という千倉の号令に従った。

への字に屈曲した赤松の幹から長い枝が垂れ、その背後に緑の小山が姿を現わした。道は急に細い上りとなり、蔓草をまとった〈富士太太講《だいだいこう》〉の文字の浮かぶ古い記念碑の脇を抜け、渦巻き状に頂上を目指していた。

石段を踏み、身を起こした視線の先に、大袋を左肩に背負い米俵の上に座る大黒天が道祖神のように置かれている。東の山腹から南に回ると、烏帽子と釣り竿だけ覗く恵比須が草叢《くさむら》に埋まっていた。あえて草を掻き分けて探すことはしなかったが、他の福神も山腹のどこかで静座しているはずだった。

石段の終わったところから、道は左回りと右回りに分岐し、いずれもきつい勾配となって続く。左の道は芒《すすき》の穂が銀色に輝き、桔梗の紫もいくつか見える。その華やかな道のほうへ行くように、私は先頭の千倉に手で合図した。

登るごとに、夏の炎暑の名残りを思わせる草いきれが立ちこめてきたが、西から北の山腹に回るにつれ、裾野から涼しい風が這い上がってきた。欅《けやき》の梢の上に、遠く池袋のサンシャインビルが見えた。上空の飛行機雲がビルに向かって突き進み、北の彼方で砕けていた。

恭一郎が立ち止まらずに進んでいくので、私はその背を追って山道を登った。

ふたたび南へ回る途上、道を挟んだ両側の斜面に、大きな丸籠《まるかご》のようにしたドウダンツツジが並んでいた。どれも下枝を四角く刳《く》り貫いた窪みがあり、「吉」の印のついた石碑が納められていた。

「登拝記念に作ったものだろうけど、いつごろのもの？　ずいぶん手がこんでるね」

恭一郎に返事はなかった。黙した背中が揺れ、腕が振り上げられる。上半身に比べ、身体を押し上げる下半身が奇妙に静かだ。私も口をつぐみ、目の前で上下する靴の動きを見つめながら歩いた。一歩一歩、恭一郎の踏みしめた同じ位置に、私の足を置いていく。しかし足運びのリズムがすぐに合わなくなった。どうしてなのか、と私は思いながら、焦茶のウォーキング・シューズの踵《かかと》あたりに視線を集中した。明らかに動きの軽さが違う。左右の足を前後に運ぶ一瞬、両足が浮くのだ。下肢が突っ張り気味なのに、ふわりと腰が持ち上がる。

「これがおまえの歩きかたなのか……」

刺すような気分が襲った。

私はもう一度、恭一郎の左右の足のリズムを追った。ところが、歩くという動作の仕組みを分解したとたん、踏み出しのタイミングに迷いが生じ、足がもつれてしまった。私は肩から草叢に倒れかかり、とっさに伸ばした左手が大きな岩に触れた。

身体は一回転して岩にぶら下がる格好になっている。「だいじょうぶか？」の声がつぎつぎと聞こえた。座りこんでいても、私には岩肌の匂いに新鮮な刺激を受ける奇妙な余裕があった。海の記憶を持っている石なのだろうか、潮の香りがする。

私は佐貫の差し伸べる手に摑まって、起き上がった。同時に、岩の周囲に陽炎《かげろう》が立ち、空気が揺らめいているように見えた。山の微かな震動が足に伝わってくる。すると、岩が眠りから覚めたようにぐらりと反転し、泥が跳ね上がった。土埃と一緒に芒《すすき》の穂が綿毛のように舞い、斜面を転がり落ちる重い響きが続いた。

「すわれ、早く、早く」

恭一郎の叫びに、皆は慌てて身体を沈めた。私だけ一人、中腰で岩の落ちていく先を目で追った。岩は見えず、草が次々と倒されていく。草叢を何か敏捷な動物が駆け下りているようだった。

「まだ立つなよ。石が落ちて、山がぐらっとくるぞ」

恭一郎は私のジャケットの裾を引いた。だが、岩の転がる地響きがいつまでも続く。紗織から尖《とが》った声が上がった。それと呼応して、山裾で弾むひときわ大きな音の後、水に落ちる衝撃音が聞こえた。強い揺れの代わりに、巨大な吸水口が水と空気とを一挙に呑み込むような轟きが、山腹を伝わってきた。山頂が割れて、勢いよく飛沫が散り、奔流が空に上がる。私たちはそんな事態への畏れを引きずりながら、ようやく山頂に到った。

ティッシュボックスを立てたほどの小さな石碑に剣ヶ峰と彫られている。私がシャツの首ボタンを緩めて腰を下ろすと、皆も続けて座りこんだ。石碑の注連縄《しめなわ》の四手《しで》の紙が微風になびいている。美紀が斜めになりかかった縄の位置を直した。

山頂で私たちは南を向いて座っていたのだが、超高層ビル群が鳴子天神の本殿を挟んで、間近に見えた。遠近感が乱れ、手を伸ばせばビルの壁に触れそうな気さえした。

恭一郎は腕組みを解き、指差した。

「ほら、あそこに熊野神社の森があるだろう、あの向こうに富士山が見えたんだ。子どものころ、晴れた日だったら、たいてい富士の姿は望めたよ。初冠雪なんていうニュースを聞いたりした日、親子三人でよく来たもんだ。生みたての卵を宮司に届けて、登山許可をもらったのさ。山頂に着くと、信仰があったわけじゃないけど、おふくろは六根清浄《ろっこんせいじょう》を唱えて、おれの身体を撫でては拝むんだ。どうかこの子が、健やかに育ちますように、六根清浄、六根清浄。気持ちは理解できたけど、思い詰めた様子がすごく嫌でね」

晃子夫人が苦笑しながら、新しい話を加えた。

「この人、そういうお母さまの気持ち、逆撫でするようなことをやったんですよ。この山の上から、わざと足を滑らして、落っこちる芝居してみたり」

「いや、芝居のつもりが、本当にあそこのサツキの木まで落ちてね」

「お二人ともお気の毒に。この人って、そういうところがあったんです。人の好意や心配を、わざといたぶるみたいな。でも、それは照れ隠しなんです」

判らないこともない、と私は思った。人からあまりに真剣な感情を押しつけられたりしたとき、ちょっと戯《たわ》けた振る舞いに出たくなる。

「親父はね、普段は温厚な人間だけど、自分が動揺すると、おふくろを怒鳴りつける癖があったんだ。そのときも、そうだった。なんで恭一郎が落ちたか考えろ、おまえが、ちゃんと注意してないからだろう、何をぼんやりしてたんだって。すごい剣幕でね。さすがに悪いことしてしまった、と子ども心にもこたえた。それからは、六根清浄の祈りにちゃんと付き合ったのさ」

「ロッコンセイジョウって、何ですか？」

紗織が生真面目な口調で尋ねた。

「ロッコンはね、六つの根と書くの。感覚とか意識とかを司る身体の器官のこと。たしか眼根、耳根、鼻根、舌根、えーと、あと何だったかしら。まあ、とにかく、心身ともに清らかになるということ」

「さすが美紀さん、国語の先生やってただけのことはある」

佐貫の声に、なぜか紗織が誇らしげな表情を見せた。

「養鶏場はどのあたりにあったんだっけ？」

千倉に訊かれ、恭一郎はふたたび熊野神社の森の方角を示した。

「だいたい向こうの方だけどね。ここからじゃ、ぜんぜん見えない。今じゃ、高層ビルが建ってるだけで、ひとかけらの面影もないよ。淀橋から少し上流の神田川と十二社の池の間の傾斜地さ。昔は瓜畑だったらしいよ。江戸時代には鳴子瓜と言って、特産品だったそうだ。うちの場合、平飼いの養鶏場としては、広くはなかったけど、おやじ、上手に工夫して使ってたよ。軍鶏《しやも》もいて、こいつは恐かった。縄張りにしている楓《かえで》の木があって、ちょっと近づくだけで、追っかけてくるんだ。今、ひとつ思い出したよ。鶏の糞まみれになった紅葉まっさかりの木って、想像つくかい？　こいつは壮観だぞ。中学のとき、絵の宿題でそれを描いたんだ。美術の教師に誉められてさ。タイトルは〈命のきざし〉。笑っちゃうよ。学校代表で、新宿区のコンテストに出すことになったんだから。それで、区長奨励賞までもらったんだ」

美紀が笑いながら、口調だけは咎《とが》めるように呟いた。

「教育関係の人間って、偉くなるほどそういうタイトルに弱いのよ。だからって、そんな程度のこと、いちいち笑ってどうするの？」

応えるべき質問なのかどうか判らないまま、しばらく沈黙の隙間ができた。草叢の底からコオロギの声が聞こえる。

「そういえば」と私は話題を戻した。「軍鶏にケシの実を食わせちゃう悪戯《いたずら》もしたんだっけな？」

「よく覚えてるね。そんなこともあったよ。でも、普通に食べるポピーシードだよ。阿片は熟す前の実から汁を搾って作るなんていうこと、中学一年じゃ知らなかった。違法だったかもしれないけど、ケシは裏庭にたくさん咲いてたから、いくらでも種は取れる。トウモロコシにまぶしてどんどん食わせて、軍鶏に何か異変が起こるのを楽しみに待ってたんだ。でも、何も起こらなかった。ただ、黒っぽい卵を生んだものだから、親父は不思議がってた」

「黒い卵、食べたんですか?」

紗織が声を張り上げた。

「いや、食べやしない。家族で食べる卵は特別なやつでね、ビール酵母を喰わせた鶏の卵だった。深みのある味で、あれは忘れられないな。親父の苦心の作だった。何しろ、おれ、病弱だったからね。でも、おやじに殴られたことが一回あるよ。高校のときだけどね。卵ケージの中に小さな青い斑のある卵が紛れ込んでいたんだ。鶏に卵を預ける託卵鳥《たくらんちょう》なんて聞いた例しがないから、親父、考え込んじゃってさ。子育てをほかに任せる不精な鳥が増えてきたのかなって、ぶつぶつ言うのさ。それで、おれはこう言ったのさ。ぼくだって託卵みたいなものじゃないの? 父さんも母さんも、不精な鳥に卵を押しつけられちゃってさ。そうしたら、いきなり、すごい勢いで殴られてね。いやー、いつもの親父からは、想像つかない迫力だったよ」

「そろそろ……、山を下りようか」

千倉の呼び掛けが涙声になっているので、皆は顔を見合わせた。佐貫もいつもなら、「おい、千倉、また何か思い違いしてるんじゃないか」と真っ先に揶揄《やゆ》するのだが、意味もなく手の甲を擦りながら空を見上げている。

何もかも判ってのことだ、と私は言いたかった。しかし、千倉はもう歩きだしていた。

私は伸びをして、新宿スクエアタワーからグリーンタワービルへと目を遣った。

鳴子富士が雑草に覆われたまま、密やかな浮力を得た飛行体となって大地を離れ、超高層ビルの谷の奥へ進入していくような気がする。その浮遊感も、二匹の紅トンボが絡み合いながら視界をジグザグに横切った瞬間に消えた。

一匹は逃げ去り、残った紅トンボは枯れかかったブタ草の先端で羽根を休めた。私は腰を低くして尻の方からそっとトンボに近寄った。次第に枝が撓《しな》って紅色の身体は垂直に起き上がった。トンボは葉先にしがみついて離れない。それでも、風で枝が揺れかけたとき、すばやく飛び去った。

視線の先にまた超高層ビルがある。新宿スクエアタワーの壁面に、巨大な紅トンボがしがみついている幻像が残った。

5

草に踏み込むたびに、茶色のバッタが跳んだ。

山に巻き付くような螺旋状《らせんじよう》の登山道を下りながら、「何だか大きなりんごの皮剥きしてるみたい」と紗織一人が燥《はしや》いだ声を上げている。

「珍しい。これ、ハッカの花じゃないの」

晃子夫人が膝の高さほどの草に顔を寄せていた。葉の脇から淡紫の花が咲いている。夫人は葉を一枚取って揉み、匂いを嗅いだ。「やっぱり、ハッカですよ」の誘いに、紗織は掌の揉みしだいた葉に鼻を当て、「ほんとですね」と言いながら目を閉じた。

私も手に採ってみた。真っすぐ脳髄に届くような刺激はなく、青汁に清涼な香りが仄かに溶け込んでいる感じだった。

　誰もが黙々と先を急いだ。麓の赤松の下まで辿り着き、ようやく足を緩め、危険地帯を脱出してきたかのように鳴子富士を見上げた。青空の中に山がある。雑草の繁茂する緑の山は、周囲と不釣り合いな重みで静まりかえっているように思えた。

　境内の手水所の水鉢に、また新しい銀杏の葉が溜まっていた。竹薮に捨てられていた古自転車が消えている。人影もなく、長い参道の玉砂利の鳴る音だけが響いている。行く手に見える青梅街道も、車の気配が感じられない。

　午後の陽が雨上がりの朝のように拡がり、空気が明るく澄んでいる。この静寂の深さに不安を覚え、私は恭一郎の様子を窺った。しばらく進んで、彼はおもむろに振り返り、両手で私たちを制した。

「しばらく何もしゃべらないでくれないか。そうしないと、二度と家には戻れなくなるぞ。話をしないかぎり、きみたちの姿は見えないはずだよ」

「おい、何が起こるんだ？」

　佐貫が詰問の調子で訊いた。恭一郎は「わからないよ」と短く答え、参道を進んだ。

　背後から玉砂利を蹴る音が聞こえてきた。近づいてくるにつれて、それが馬の蹄の音だとすぐ知れた。

「振り向くな」

と恭一郎の声が飛び、私たちは静止画ボタンを押されたように、じっと立った。荒々しい馬の息が肩越しに感じられた。

「そこもと、何者かは存ぜぬが、井戸に大石を投げ込んだ不届き者を知らぬか？」

野太く若々しい声が響き、続けて嗄れた老人の声が加わった。

「畏れ多くも、東照大権現様《とうしょうだいごんげんさま》が鷹狩りの折、むちをお洗いになった名高き謂《いわ》れを持つ井戸じゃ。石で埋めるような狼藉《ろうぜき》、許されるものではない」

「そんな大それたことをした者など、まったく知りません。お役にたてず、申し訳ない。ただ、〈むちの井〉でしたら、今はもう記念碑しかありません。新宿エルタワーの西の植込みにあります。淀橋浄水場跡の碑の近くですが」

「それは存じておる」と若い方の声が応じた。「だが、碑を立てるのであれば、場所が違う。正しくは、センタービルの滝のある位置。覚えておくがいい」

「知りませんでした。ところで、こちらさまのお名前は？」

「申し遅れたが、徳川吉宗でござる」

「そうでしたか、あの八代将軍吉宗公でしたか」

恭一郎の喋り方が急に馴々しい感じになった。

「お邪魔いたしした。では、半乃丞、まいろう」

「お待ちくださいい、吉宗公。一言、お聞きしてよろしいですか。江戸中の評判をとった、あの象のことですが、源助という人物が世話したそうですね。小屋の場所はどのあたりだったんでしょう？」

「象か？　小屋のことなど、もはや判らん。いや、象にも源助にも不憫《ふびん》なことをしてしまった……。そこもと、象に関心があるとみえるな。やめておくがいい。巨獣見たさに、むだなことをしてしまった。それよりも、今はワニじゃ、あのワニほどの見ものはないぞ」

「ワニと申しますと？」

「存ぜぬのか。享保七年に井の頭池から放たれたワニが、どこかの川下に潜んでいたのか、それとも大海の果てまで回遊した末なのか判らぬが、二百八十年ぶりに古里の川に帰り着くのじゃ。十六尺の大ワニとなってな。何と縁起のよいことか。しかし、まことに存ぜぬのか？　そろそろ江戸の海から柳橋を経て、姿不見橋《すがたみずばし》に上ってくる頃じゃ。汚水にまみれて、これもまた不憫なことじゃ」

「姿不見橋？　どのあたりでしょう？」

「それも存ぜぬのか？　淀橋のことじゃ。すると、あの橋の縁起を知らぬとか？　このあたりに不案内な者とみえるな」

「いや、不案内というわけじゃありませんが……」

「半乃丞、縁起を手短に話して聞かせい」

——室町の応永年間のこと、紀州から諸国流浪の後、近くの中野の地に居を定めた鈴木九郎という男がおった。九郎は痩馬一頭を売って得た一貫文を元手に、金貸しを始め、財を殖やし、やがて近郷一の分限者になったそうだ。鈴木家は熊野三山の祠官《しかん》を務めた家柄で、十二社権現を移して、今の十二社熊野神社の基を作った。家運隆盛の富者ぶりから中野長者と呼ばれたのだが、ふえすぎた財宝の置場に困ってな。そこで草深い野末を隠し場所に選んだのはよいが、秘密の庫が知れてはまずいというわけで、黄金を背負わせた下男を帰り道に淀橋で斬り殺し、神田川に流してしまった。その数、十人という。これが祟《たた》りを呼んで、長者の一人娘が嫁入り前夜、天地震動の大嵐のさなか、屋敷から走り出て十二社の池に飛び込み、大蛇に化身してしまったのだ。それでも、下男たちの恨みは晴れず、後の世になっても、嫁入りの娘が淀橋を渡るとその晴れ姿を白波に隠した。姿不見橋はそういう因縁によるのだ。流し去った姿は下流の落合に現われ、そこを姿見橋と言う。これで、おわかりかな？

「その話でしたか。聞いたことがあるような気がします。では、これで失礼を」

恭一郎の挨拶とともに、私は振り向いて江戸人というものを目撃したい誘惑に駆られた。ところが身体の節々が固まって動かない。姿の見えないまま馬の蹄の音と荒い息遣いだけが私たちの横を駆け抜け、青梅街道の方へ遠ざかっていった。

ざわめきの気配が残る中で、不意に身の強《こわ》ばりが解け、関節が弛《ゆる》んだ。行きはぐれた者たちが、偶然の再会をはたしたように溜め息をつき、身を寄せ合った。

「こんなことが起こるなら、人生も捨てたものじゃないね」

私はとりあえず余裕の台詞《せりふ》を吐いた。すると晃子夫人だけは遠慮がちに黙ったが、他の者たちはどっと一度に喋りだした。「象が死んだって、何のことなんだ？」と佐貫が訊き、「鈴木九郎とかいう人物が、室町の時代にここで金融業を始めたというのは本当かい？　新宿西口の超高層ビル街は、そんな時代からエコノミーに関係していた場所なのか」と千倉が感慨深げに感想をもらし、「神田川に帰ってくるワニがいるんですってね？　十六尺の大きさなら、五メートル近いじゃない。ねえ、見に行きましょうよ？　淀橋なら、ここからすぐでしょう」と美紀が興奮気味に提案し、孫娘の紗織は「いくら恨みがあったって、どうして嫁入りの娘に祟るんでしょう？　ぜんぜん責任はないのに」と当然の疑問を口にした。

恭一郎は一通り言葉が弾けるのを待ってから、まず紗織に向かって笑いかけた。

「まあ、言い伝えって、だいたいそんなもんなんだ。人々が、何世代にもわたってふくらませていく。金貸しで成功した鈴木九郎が嫉《ねた》ましいし、羨《うらや》ましい。だから、悪役に仕立てあげて気を晴らしているんだよ」

「エコノミーと関係ある話が、そんな昔から新宿西口にあるなんて面白いな」

と千倉は同じ感想を繰り返した。エコノミーと聞き、佐貫が話に割り込んだ。

「象も、何かあくどい商売に関係あるんだろう？」

「ちょっと違うな。徳川吉宗という人は好奇心が旺盛な殿様で、わざわざ中国人の商人を介して輸入したんだ。長崎から江戸に一年かかって来る間、あちこちで象ブームが起こってすごかったらしい。でも、吉宗はすぐに飽きちゃって、この近くの源助という農民に払い下げたんだ。ところが、相手は象だろう、世話にさんざん苦労してね。象はまもなく病死するし、源助も数年して亡くなってしまった。源助の象小屋、むこうの淀橋の先にあったそうだけど、どの場所だったのかな」

「どうして知ってるの？　そんな話」

美紀がウォーキングシューズの紐を結び直しながら見上げた。

「おふくろから聞いたんだよ」と恭一郎は両親の話をする際、たまに見せる恥じらいの口調で言った。「おふくろの祖父がね、その象の皮の膠《にかわ》から作った墨を家宝みたいにしていたそうなんだ。源助の子孫から皮の一部を譲り受けて、知り合いの職人に作らせたやつでね。ところが、その墨、おふくろが戦時中に駒込の住職に貸したら、それっきり戻ってこなかったのさ。親父はよく言ってたよ。人様に物を貸したら、もう差し上げたものと心得たほうがいい、そうしないと人を恨むことになるって。おふくろは親父のそういう徳人ぶった言い方に不満だったけどね」

「象を輸入するなんて、ワシントン条約違反じゃないか」

真面目なような冗談のような佐貫の呟きは、皆に無視された。

「ついでにワニも輸入したのかな。ワニ、見に行きましょうよ」

美紀の誘いに、紗織が反応した。

「おばあちゃん、やっぱり先に帰っていいかな？」

「帰りたいの？　でも、それは無理だっていう話だったでしょう」

「いや、ここからなら、方法がないことはない」恭一郎は上着を脱ぎ、クリーム色のスポーツシャツ姿になって言った。「いいよ、紗織ちゃん。そう、中央公園の滝の裏が判りやすいかもしれない。東側の階段を下りてから、このジャケットを着なさい。そうすれば、壁の横に人が一人だけ通れるぐらいの隙間が自然と見えるはずだよ。ただ、ジャケットは持ち帰っちゃだめ。どこかで捨てること。薄暗いけど、中に入って、真っすぐ五分も歩けば、新宿ルミネの地下街に着くよ。今日は、よく来てくれたね、ありがとう。さあ、行きなさい」

紗織は会釈をして、緊張気味の瞬きをして立ち去った。後ろ姿がいったんは携帯電話を取り出したものの、すぐにポシェットに戻した。

青梅街道は夕刻に向かい、車で埋まっている。アスファルトの車道は、どこまでも均一に動くベルトコンベヤーの帯に思えた。車が走っているのではなく、巨大なベルトが車を運んでいる。そんな感じ方をしたのも、淀橋に向かう私たちの足の運びが、動く歩道を進む無駄のない速さを思わせたせいかもしれない。

急ぎ足の感覚を身体に残して淀橋から神田川を眺めると、流れはいかにも緩慢だったが、細かく波打つ水が豊かな光を揺らしていた。しかし、水面近くのコンクリート壁に乾いたタールのようなものが黒くこびりついたままだった。やや川下のカーブしたところでも、深いU字溝の川床の一部が剥き出しになり、隅に運積土が小山を作っていた。確かに巨大な生き物が力まかせに身を引き摺っていった跡にも見える。

私たちは青梅街道を横切り、川上の側に回った。欅の枝が川に迫り出して、水面に光と影の斑紋を浮かべていた。強い風が来て斑が崩れ、濁った深みが覗き、スナック菓子のビニール袋が回転しながら上がってきた。

橋の影を見下ろした。大きな暗渠《あんきょ》が口を開けて汚水を吐き出し、円筒の縁が損壊している。まわりの壁面に水も散っている。暗渠の先は、熊野神社を経て超高層ビル街の都庁舎の方角に向いているようだった。

「さっきの話、本当だったのかしら？　こんな川、ワニなんかが上がってくるなんて、とても思えない。わたしは、もういいかな」

美紀は川沿いの道を歩きだした。皆、自ずと後に従うことになった。

自動車修理工場を過ぎたところから、急に道が細くなり、木立に囲まれた小さな児童公園があった。子どもたちの姿は見えず、隣の集会所から老人たちが、ベンチに吸い寄せられていく。裏手の淀橋変電所の高い塀が、立入禁止の赤い看板を下げていた。その塀の隙間から、熊野神社の森と都庁舎の南北のツインタワーが覗いていた。

神田川を遡上してきた巨大なワニが、淀橋の暗渠の中に身を捩《よじ》入れ、地下の水路を這っていく姿が生々しく思い浮かんだ。塵芥を引き摺り、汚水にまみれながら進んで来た江戸の享保のワニが、ついに超高層ビル街の地下深く眠る池に達する。尻尾を跳ね上げ、大地を押し上げる。瞬間、私の視野の真ん中に、都庁舎の二つのビルがあたかも巨人が膝を折ってへたり込むように、音もなく崩落する光景が現われた。

熊野神社の境内の階段を上がり、中央公園の森に入ると、ホームレスたちの段ボール小屋が立ち並び、住人たちのラジカセから流れる交通情報と小畑実の「星影のワルツ」が混じり合い、あたりにアルコールの匂いが漂っていた。ここだけ別格の緩い時間が流れている。その時間に浸るようにして、私たちは中央公園の水の広場に着いた。

広場側の高さ三メートル、横五〇メートルの〈ナイアガラの滝〉と命名された瀑布は、脇のスロープを上がって反対側に回れば、〈白糸の滝〉に変貌する。二つの滝は表裏反転の関係で水の景観を作っているのだ。循環水は瞬時にして北アメリカの湖から富士山西麓へと地球を半周する。

休日の午後なのに、公園に人影は見えず、滝の音が石畳の広場に硬く響いていた。佐貫も千倉も美紀も、この静寂から逃れるように、恭一郎の教える出口から帰っていった。

「志村、おまえはどうするんだ？」

「圓条寺まで見送るつもりだよ」

恭一郎と晃子夫人、それと私の三人が残った。私は久しくやめていた煙草が吸いたくなった。

そう呟くと晃子夫人は笑い、微風に流れる髪を押さえた。いつ作ったのか、手首には少女のように白いクローバーの腕輪がはめてあった。

「志村さん、たぶん忘れているでしょうね」と夫人は笑みを浮かべながら続けた、「もう二十年くらいたつかしら、目黒の家に遊びにきたとき、ひっきりなしに煙草を吸うものだから、わたし、一、二本ごとに灰皿を空にしたんです。決して嫌味でそうしたわけじゃないんですけど。そうしたら、この人、わたしに何と言って怒ったと思います?」

「晃子、もうそんな話はいいじゃないか」

「いや、ぜひ知りたいな」

「ひどいこと言ったんですよ。おい、晃子、おれたちに恨みでもあるのか、ですって」

「確かに、それはひどいな」

晃子夫人の明るい口調に合わせて、私も笑った。

「ひどいって、何がだと思います?」

「『恨み』のほうじゃなくて、もちろん『おれたち』という言葉のほうでしょう?」

「はい、そうです。妻のわたしのほうが他人扱いされちゃって」

「悪かったね」

「嘘でしょう。あなた、実際は悪いなんて思ってないくせに。でも今日、わたしつくづく思ったんです。あなたたちって、本当に困った、懲《こ》りない人たちね。でも、何だかとてもいじらしい感じはある。どうぞ、いつまでも勝手に『おれたち』でやってください」

プラタナスの街路樹の上に、安田火災海上ビルの裾広がりの曲線が現われてきた。柔和な表情のビルだが、手前の地方銀行のビルにのしかかるように聳え立つ。

「志村、もうこのへんでいいよ。いろいろありがとう」

「いいのか？」

「元気でな。おれみたいなやつがいたこと、たまには思い出せよ」

「わかっているよ」

「そうすりゃ、また、こんな日がやってくるかもしれないさ」

「じゃ、帰るぞ」

「ええ、どうぞ。お客さまがお帰りになってからは、私たち二人の静かな時間の始まりです」

晃子夫人が晴れやかに言った。

私は振り向かずに、その場を離れた。

中央通りの方角に光が湧き立っている。三井ビルの鏡面の壁に夕日が映り、二つの太陽が街路を燃え立たせているのだ。夜の果てがあるのなら、黄昏の果てもあるのではないか。そう思わせるほど赤く爛熟した夕焼けだった。

ひとたびビルの濃い陰影の中に入ると冷たい空気が沈んでいる。寒気が来て、私は身震いした。超高層ビルの影を吹き抜ける風に身体を曝《さら》したとき、脳裏の奥にしまいこまれた二つのシルエットが滲《にじ》み出た。

ひとつの小さな人影は私だ。もうひとつの影は祖母なのか、母なのか記憶は定かではない。どちらだったにせよ、私自身は駅前の坂道から吹き上げてくる寒風の中を立っていたはずだ。

幼い私は京王新宿駅を出た後、甲州街道の道端で糞尿《ふんにょう》を運ぶ馬車の列を眺めている。人糞の入った桶を荷台いっぱいに積み込んだ馬車が三、四台連なって、郊外へ行進していく。たぶん、多摩の農家が町屋に肥料用の人糞を買い付けにいった帰りなのだ。私はその勇壮な行列に見惚れてしまう。寒い冬の日の午前、馬の口から白い息が流れ、胴体からもうもうと湯気が立ち上がる。荷馬車を牽《ひ》くごとに、尻と脚の筋肉がリズミカルに震え続ける……。

いつの間にか、私は黄昏の中をまた鳴子富士に向かっていた。

背後から蹄の音が近づいてきた。馬の荒い息遣いも聞こえる。きっと振り向いてはいけないのだろう。音は距離を縮めることなくついてくる。私の足は軽快に地から浮き立つように進む。私は馬を従えた足の軽さをいつまでも楽しんだ。

Ⅳ　ホームカミング

1　午睡の部屋――八王子霊園

空から見れば、そこだけ禿髪《とくはつ》が広がっているように見えるかもしれない。高尾山から北へ山を二つ越えた丘陵地帯を切り拓いた芝生の公園墓地である。

いつもなら供物《くもつ》を狙う鳥たちが、背ろに立ち並ぶ桜の枝を揺らすのだが、今日は一羽も見えない。背後に鳥獣の気配を感ずるのは、凍結していた太古の怖れの記憶を仄かに融かすようで悪くない。身体の奥で、ぞくぞくと生気が動く。

平日に一人で墓参りに来ると、静寂が地を這う。誰もいない墓地にそそぐ陽射しですら、不動の静寂を広げているように思える。

園内には五百本の桜と七百株の紫陽花が植栽されているのだが、花の賑わいの季節に来たことはない。

四十五年ほど前、母が高い競争率に勝ち、借用の権利を得た都営八王子霊園の墓である。二部屋／キッチン／風呂なしの都営住宅二種から、二部屋／居間／ダイニング・キッチン／風呂付の都営住宅一種への転居が、ようやく経済的に可能になった時期である。ところが、十倍近い当選率で競争に負けてばかりだった。皮肉なことに、墓地のほうは二百三十倍の競争率にもかかわらず、一回の申し込みで当選した。

「いつでもどうぞ死んでくださいという意味かね」と母は笑ったが、それから都営住宅は二種のままに二十六年間生き延び、少ない預金を使ってメキシコ産の高価な黒御影石《くろみかげいし》の墓を造って死んだ。一区画は四平方メートル、墓石も統一規格が守られ、高さも横幅も六〇センチで形がそろっている。母は生きているときも死んでからも、都営の団地暮らしだったわけだ。

母は脳溢血で倒れ、そのまま意識が戻らず三年三か月の闘病生活で亡くなったが、死に際には会えなかった。十二月のある日、三か所目になる所沢の病院から危篤の連絡が入り、急ぎ車で駆けつけるつもりが、私はのんびり部屋の片づけを始めた。朝、掃除を済ましたはずなのに、いかにも不可解な行動だった。なぜかと後々まで考えたが、掃除をすることで日常の時間を引き延ばし、死の時間が近づくのを先送りしたいという倒錯した意識が働いたのかもしれない。似た経験をした人の話を聞いたことがある。父親がいよいよ危ないと医者から告げられたとき、病室を出て売店に買物に出かけたという。

亡くなって二十年目、管理費の支払いを怠ったと思い、秋の終わりに私は慌てて予定外の墓参りに、こうしてやってきた。管理事務所に立ち寄ると、連絡を受けた内容の理解に私の早とちりがあり、事態は逆でなぜか二重に支払ってしまっていた。

線香の煙を避けた風上にビニールシートを敷き、いったん墓に供えた握り飯を引き寄せて食べ終わる頃、軽い睡魔がやってきた。

仮寝をするような場所ではない。眠りの中でそう自分に言い聞かせると、墓石の下あたりから、「もう帰りなさい」と母の声がした。それに続いて、「きょうは例のやつはないのか」と私が五歳の時に死んだ父の声が聞こえた。

父は墓の中では母より四十歳も若い。二人にどのような遣り取りがあったのか判らないが、しばらくして父は、「もうけっこうだ」と呟いた。諦めの気弱な声を聞けば、忘れていたことがことさら気になり、私は鞄から父の好きだったというウイスキーの小瓶を取り出し、墓にかけた。

「酒を墓石にかけたら、ちゃんと水を流さないといかんですよ」

顔を上げると、正面の逆光の中を黒いシルエットが浮かんでいる。その輪郭が緩んで、小刻みな足運びで私の右手へと歩を進めた。年輩者ではあるが、年齢の判別のし難い、黒いコートに身を包んだ小柄な痩躯《そうく》の男だった。

「日本酒ほど糖分が強くないから、このままでも大丈夫でしょう」

私がそう応じると、男は墓石の天を撫でてから、人差し指に付いたウイスキーをなめた。

「深い艶のある立派な御影石だ」

と男は言い、同じ仕草を繰り返した。

「よかったら、もう一瓶《びん》ありますから、どうぞお持ちください」

「いや、もうけっこう。家にたくさんあるからね」

「そうなんですか」

私は追い立てられるような気分になって、帰り支度を始めた。

「その煎餅《せんべい》とか、リンゴはそのままでいい。私が片づけることになっているから」

「管理人の方でしたか、お世話になります」

「そういうわけでもないがね、ここに住んでいるついでに、置きっぱなしの供え物を集めているんだ」

「住んでいるって、墓地のお近くですか？」

「近くといえば、近くだ。来るかね？」

桜の木立の間から微風が流れてきた。顔を傾げた男の斜めからの視線が、私の眼差しをつかんだ。

「もしよろしければ」

私は軽く会釈をして、後に従った。

我が家の墓は丘の中腹にあるのだが、坂を上って頂上の平坦地を越え、山の反対側の谷あいに集まる墓地に進んでいく。その谷を見渡せる地点で男は足を止め、息を整えるように間をおいてから言った。

「ほら、あそこの白い家がそうだよ」

「白い家ですか。どこでしょう?」

白いものといえば、谷の一番奥まったところに、法要の準備のためだろうか、テントらしきものが小さく見えるだけだ。

見えないとは言わせないぞ、という勢いで男は白い家の説明を始めた。決して大きくはないが、美麗な白亜の建物で、蔓草模様の門柱があり、玄関まで丸い敷石がS字形のアプローチに配置されてあり、重厚な鉄の扉はオートロックで、中に入ると唐や明や古九谷の大皿とか壺が両壁にそって飾られ、脇の応接間は孔雀が羽を広げたような分厚いペルシャ絨毯《じゅうたん》が敷き詰められている。紫檀《したん》のテーブルは脚に彫刻がほどこされ、椅子はマホガニーで淡い光沢を浮かべている。ベランダの横には総ガラス張りの温室があって、いつも蘭の珍種が甘美な芳香を放っている。庭には芝生と噴水、薔薇園も備えている。

私にとっては、派手すぎて住みたくない家の見本のような説明がつづき、そろそろ終わらないかなと思ったところで、うまくおしまいになった。

「メンテナンスが面倒だけどな」

私に何やら気の毒な気分が湧き出した。

「十八世紀フランスのロココ趣味ですね」

「そんなのとは違う」

男は不快そうに断言した。もとより私の豪邸への気配りは慰めにはなっていない。私は言い直した。

「その家に、何年くらい住んでいるんですか？」

「何年と言われてもねー、答えようがない。はっきり言って、私はもっと暗がりのたくさんある、日本の古民家のような家が好きなんだ。女房は、そういう暗い家が嫌いでね。私は新聞記者で忙しくしていて、家にいないことが多かったから、女房に合わせたんだ」

「新聞記者だったんですね？　私の父もそうでした」

「もちろん、知っているさ」

私たちは谷の奥の墓地に辿り着き、遠くから小さく見えた白いテント小屋に近づいた。

「この区画、運よく抽選には当たったんだが、まだ墓石が造れず、代わりにこうしてテントを張って、待っているんだ」

「待つって、何を？」

「そりゃ、墓に入れるときに決まってる」

テントは墓地の一区画をすっぽり覆い、大きなジッパーのついた出入口には円形の覗き窓が眼球のように二つあり、柔和な表情を作っていた。

「おーい、帰ったぞ、うまそうな煎餅もあるからな」

私は鞄の奥を手探りし、母の好きだったドラ焼きを男に渡した。

「お客さんをお連れした。ドラ焼きもいただいたよ。気分はどうだ？」

男はテントのジッパーを半分ほど下ろしてから、細く開いた入口を跨《また》いで中に入り、私を手招きした。

身をくぐらせてみると、意外に広く枯草の匂いが充満していた。空気に発酵するような微香があって、私は酔いが回りそうになった。

「申し訳ないことです、家内は身体がだるくて、こんな格好で失礼します」

部屋の隅の洗濯物が整然と重なっている前で、牝牛《めうし》が大きな体を横たえ、首を心持ち起こして、ふっくらした声で鳴いた。

「大好きなドラ焼きをいただいて、嬉しいそうです」

と男は通訳した。

私はふたたび鞄の中を探り、ピーナッツの入った柿の種の小袋を出し、これもいかがでしょうと勧めた。こちらは父の好物だった。

「辛いものは、いかん、いかん」

そう言って男が笑うと、牝牛の妻も、わっさわっさと、おおどかな声で笑い、二人の笑い声でテントが揺れた。

牝牛はだぶついた腹を横に流すようにして寝そべっている。私はその姿を見ると、理由は判らないが、感傷的な気分が溢れ出し泣きたくなった。

「どうだい、この人に乳を差し上げたら」

牝牛が重そうな体をやや上向きにずらすと、ピンク色の乳房が四つ現われた。

私は黙って立っていた。

迷っていたわけではない。飲んだ気になっていたのだ。すでに唇は意外に硬い乳房の感触を覚えていたし、舌には濃い乳脂に青草を加えたような味が残っていたから。

「気をつけて帰りなさいよ」、「今度来るときは、その日の新聞を全紙持ってきてくれないか」と、二つの声が、墓石の下から順に聞こえてきた。

午後の陽射しは、まだまばゆい。

2 ホームの少年たち――川崎市蟹ヶ谷

墓地に黄昏どきまで留まるものではない。もちろん私は早く帰るつもりだった。

しかし腰を上げかけたとたん、墓からなつかしい叔父の声が聞こえてきた。

「メキシコ産の墓石だったかな？　違うんじゃないか。私も記憶力に自信があるわけじゃないけど」

叔父もこの墓に分骨している。「姉さんから、値段のことで相談を受けたとき、後の代までのことを考えたら、あまり安物にしない方がいいと私が言った覚えがあって、それで思い切って、スウェーデン産にしたんじゃなかったか」

「そうなんですか。じゃ、どうしてメキシコと思い込んでいたのだろう」

「はっきり判らないが、ウルグアイとかメキシコなんかの石も候補にあったせいかもしれない」

「ずいぶん詳しく覚えているじゃないですか。さすがですね」

もはや返事はなかった。私は甘えかかるような気持ちがよみがえり、叔父の声をもう一度聞きたくなって、呼びかけた。

「おじさん、寿司でも食べにいきませんか？」

やはり声は返ってこなかった。


私は小学校の低学年から中学まで、春と冬の休みは一週間ほど、夏休みは三週間ほど、叔父の家に預けられた。母の帰宅が遅かったからだ。母の勤務していた東京都民銀行は、夕方六時まで営業していた。母の代わりに、九歳違いの姉が私の面倒をみていたのだが、毎日のことで負担が大きかったはずだ。

預けられた理由はもう一つあり、父親のいない家族を収容した杉並区立の福祉施設・久我山母子ホーム（「ホーム」と呼ばれていた）の少年たちの暴力から私を遠ざけるためだった。

しかし、これには母のやや過剰な思い込みがあった。私は集団の中でそれなりに要領よく立ち回っていたし、それどころかときに悪戯を発案する張本人のこともあったのだ。私が小学校五年の時点で言えば、上は高校二年、下は小学校三年からなる、十人の少年集団だった。高校生以下の女子はいなかったように思う。

悪事は数々ある。現在なら、どれも警察沙汰になるはずだ。鳩小屋に2B弾を投げ込む、農家の畑からトマト、モモ、西瓜を盗む。真夏の熱射で温まった西瓜の不味さは、いまだに強い味覚の記憶を残している。

茶畑の中で涼んでいた蛇（ジムグリだったと思う）を探し出し、それを駐車していた乗用車の座席に投げ込む。当時はエアコン付きの車はなく、窓を開け放していた。運転中に後ろから蛇が這い上ってくる光景を想像すると実に愉快で、私が提案した悪戯だった。

井の頭線の線路の上に太釘を寝かせ、電車に潰してもらって、銛《もり》を作る。夜遅く、それを持って井の頭池の鯉を突き刺しに行く。夜といえば、K学院高校の食堂の窓を外して忍び込み、ジュースを飲んだこともあった。ところが、翌日、高校生たちが年下の少年たちを恐怖に陥れた。お前たち、食堂の窓に指紋が残っているから、すぐに警察に捕まるぞ、だから、指紋を焼いて消すしかない。

意地悪な年長者が、わざとらしく共同炊事場のガスをつけ、フライパンに油を引く。年少の子たちは恐怖で泣きだす。私も指を焼く恐ろしさにすくみ上がるが、とっさの機転で、平静を装い、卑怯《ひきょう》にも年長者の側に回った口をきく。おれたちは指紋が残らないように用心したけど、お前らは残してきただろう、指紋を消さないと、みんなに迷惑がかかるぞ。

高校生たちは、小学生の発した「おれたち」の言葉に少し意表をつかれ、なんだ、こいつは、と私をにらむ。しかし折よく、玄関口に寮母（兼管理人）の帰宅の物音が聞こえてくる。すると子どもたちは一斉に自分たちの部屋に逃げ帰った。

動作の鈍い私といつも悠然と凄みをきかせている最年長の徹也という高校生だけが台所に残った。徹也はピーマンを庖丁で切り出し、フライパンで炒め始めた。私もこの行動に従った。寮母は口元に笑みを浮かべ、眼差しは監視を怠らず、余裕の表情で共同炊事場を一瞥《いちべつ》して立ち去った。すると私に劇的なことが起こった。ピーマンが大の苦手だったのだが、このとき徹也の炒めたピーマンは平気で口にできたのだ。

徹也は都立の西高に通っていて、ホームを去った後（末子が十八歳を越えた家族は退去の規約があった）、一年浪人して東京工業大学の工学部に入学し、某自動車メーカーに就職、四輪駆動車の設計を担当したと聞いた。それから十五年ほどたってから、三十歳半ばで死去した話を人づてに耳にした。

ホームの少年たちは喧嘩の仕方が凶暴で、近隣で恐れられていた。外部に対しては結束が固く、誰かが危害を加えられると、年長者は腰に自転車のチェーンを巻き、年少者はハンカチに石を包んで拳に巻き付け、隊列を組んで復讐に出かけた。世田谷の烏山まで遠征したこともあったが、乱闘になる前に相手が退散するか、ほとんど年長の少年たちだけの連携した動きで片がついた。恐かったのは闘いの後の帰路で、暴力に憑依《ひょうい》された上級生の心身の昂奮が鎮《しず》まらず、しばしば私を含めた年下の者たちは、動きが鈍かったとか逃げ腰だったとか怒鳴られ、殴られることもあった。

一度、徹也より二学年下の太一が、頭から血を流しながら帰ってきた。空手選手を兄貴に持つ相手と喧嘩をして、仲間のチンピラたちに痛めつけられたのだった。このときは、誰も仕返しに行こうとはせず、一切を無視した。太一の母親と寮母が厳しく問い詰め、翌日には警察官も現れたが、太一は口を噤《つぐ》んだままだった。ホーム退去後の消息だが、祖父母のいる倉吉に転居し、鳥取大学に入ったらしい。

ホームの上下関係の抑圧は、外部に対抗する学習面でも露骨で、年少者が悪い成績をとってくると、徹也や太一から鉄拳制裁があり、管理人室の向かいの空き部屋で特訓を受けた。この事態を寮母は黙認していた。この初老の女性は佐賀県立高校の学校長の未亡人で、ホームでは「先生」と呼ばれていた。

この「先生」は知り合いの神父を通じて、カトリックの神学生たちにボランティアで学習指導を頼んでいた。曜日も不定期で顔ぶれも毎回違うのだが、二人組で現われる。この時だけは、高校生を含め、悪ガキどもは神妙に勉強にいそしむ。

正雄という吃音《きつおん》気味の中学生が、たびたび教科書にない難解な数学の応用問題の質問をした。するとある日、教会員の数学専攻の女子大生がチューターに加わった。はんなりとした美人で、誰もが隙を見てスカートの中を覗こうと躍起になった。私も競争に加わりはしたが、細部におよぶ映像的な記憶は何一つない。彼女に特別扱いされた正雄は都立の烏山工業高校に進学し、建築関係の仕事に就いたらしいが、それ以外のことは不明だ。

ホームが閉鎖して何年もたってからだが、「先生」が、子どもらの学習支援のために篤志で特別な献金をしていた事実を知った。

小学六年の春のこと、ひとり私は「先生」の部屋に呼ばれた。今度の春休みはね、なるべく早く叔父さんのところに行きなさい、わかったわね。

どのような経緯があって、そんな助言をされたのかいまだに謎のままだ。後年、母に確認を求めても覚えていなかった。回避できた運命的な巡り合わせがあったとすれば、仲よくしていた私の一学年上と一学年下の兄弟が、その春休みに三鷹の牟礼で傷害事件を起こして補導されたことだった。

「寿司でも食べていくか？」

叔父のいつもの誘いだった。運輸省航空局の技師だった母の弟は、当時、無線基地のある川崎市の蟹ヶ谷という山の上の官舎に住んでいた。東横線の元住吉から徒歩四十分の寂しく辺鄙《へんぴ》な場所だが、森や沢や沼があって自然に恵まれ、広い庭で叔父は菜園作りを楽しんでいた。

母から連絡を受けると、叔父は私の幼いときの習慣のまま、渋谷駅の井の頭線改札口まで迎えにきて、いつも道玄坂の鮨屋に連れて行ってもらった。数日もすると、かならずホームシックにかかって、蒲団の中で泣いた。事態を察すると、叔父はよく本を買ってきてくれた。小学生四年の時に読んだ北欧神話の物語に心躍り、後々、ワーグナーやトールキン、C・S・ルイスの世界への関心の下地になったように思うのだが、自分で神話世界を書こうとは、なぜかほとんど考えたことはない。

私の帰る日に、叔父はいつも小遣いをくれ、それと別に母へ渡す封筒を託されることもあった。これに関しては、苦い思い出があり、他愛ないトラウマであることは承知しているのだが、今でも窮屈な金銭の問題になると物狂おしい気分が沸騰して、穏やかならぬ精神状態に陥る。

叔父からお年玉をもらって帰った日のことだ。この時は母への封筒はなかった。叔父さんからいくらもらったのか、と母は訊ねた。当時は大金の千円である。いつ、何に使う予定なのか、母は珍しく細かく聞いてきた。何を求められているかは、すぐ判る。私の説明はぐずぐずしたものだったと思う。「そうなの」と短く母が言って間ができたとき、「お母さん、この子にそんな気をつかう言い方、やめなさいよ」と苛立《いらだ》った姉の大声が飛び出した。すかさず母は、「あなたは黙っててくれない」と返した。いたたまれず、私は千円札を卓袱台《ちゃぶだい》に投げつけた。まるで一枚の札が三人の感情を吸い取ってしまったように、もはや誰も言葉を発しなかった。

翌朝、千円札は卓袱台に置かれたままで、母の書き付けが添えてあった。「おじさんに、お礼のハガキを出しておきなさい。だいじに使うのですよ」。私はお年玉を封筒に戻した。とりたてて買いたいものなどない。お金というものを持っていたい、ただそれだけのことだった。

ホームは我が家が最後まで残り、私の十六歳の秋に閉鎖したのだが、以来少年グループの誰一人とも再会していない。消息も、母親同士がたまたま顔を合わせ、聞き知る程度だった。

叔父の官舎の山の谷に、入口の木戸の朽ちた防空壕があり、その脇を流れる沢の先に小さな沼があった。淀みに見えるが、水は岩の奥から秘かに湧き出て、周りに茂る木々の葉の緑を水面に映していた。しかし底の方から食い入るように私を見つめる眼差しに気づき、慌てて逃げ去ることがあった。どのように層を成す追想のメカニズムなのか判らないが、この薮の奥に隠れた沼の光景とホームの少年たちの姿とが、しばしば重なり合って記憶の幽明境から甦ってくる。

3

誰からの電話だったのか――兵庫橋

まだ陽の高い午後の時間なのだが、いったん陰ると湿った空気が広がり、早々と黄昏を運んでくるようだった。

電話の主は橋のたもとで、待ち人を念入りに確かめようと、こちらを見つめている。その凝視の力の圧迫感を遠くから感じながら、ゆっくり私は近づく。

遠くから見ると、棒に布を巻きつけた姿に思えたが、目の前に立つと、焦げ茶のワンピースを着た上品そうな老女である。老女とは言っても、背筋はダンサーのように伸び、化粧も厚めで、声を耳にするとなおいっそう年齢は摑みがたかった。

「くにちゃんですか？　わたし、オオツカです」

覚えのない女の声で電話がかかってきたのは、一週間前のことである。

「えっ、どなたでしょうか？」

くにちゃんという少年時代の呼称とオオツカの名前が結びつかず、二つがばらばらのまま記憶の中を漂う。

「昔、久我山の母子ホームで一緒だったオオツカマサオの姉のトキエです」

ホームとマサオの結びつきで、徐々に記憶がさかのぼっていく。

あの難解な数学問題を愛好していた、私よりも三つ年長の大塚正雄だ。しかし、正雄に姉さんなどいただろうか。

「正雄のお姉さまですか？　驚きました。その後、正雄がどうなったか、ほとんどわからないままなんです。建築設計の仕事についたことは、誰かに聞きましたけど」

「もうしわけないですね、突然、電話なんかしてしまって」

「よく番号がわかりましたね？」

「文芸年鑑の名簿で調べました。私も文芸家協会に入っていたんです。歌集をいくつか出しまして」

「いまは、どちらに？」

「今はもう、会員じゃありません」

「いえ、お住まいのことですが」

「八王子です。前に都営の八王子霊園のことをお書きになっていましたよね。あの近くです。

正雄も隣にいるんですよ。彼のほうが先で二十年前、私は八年前からです」

「私の文章など、どこで読んだんです？　『黒の会手帖』なんか、同人しか知らないと思いますけど」

「だって、くにちゃん、いつもホームページにアップしているでしょう。私、書いたもの、全部読んでいますよ。作品リストも見ていて、一番好きなのは、『月の川を渡る』。恐い話ですね。底なしの心の闇を覗くみたいで。結局、犯人は誰なんです？」

「それは私にも判りません。どんな話だったか、もうすっかり忘れていますし」

忘れているわけではなかったが、説明するとなると億劫《おっくう》で気持ちがどんより重くなった。

「で、大塚さん、ご用件は何だったのでしょうか？」

「ええ、そのことでした」と喉元をしぼるような甲高い声が、やや低い調子に変わった。「だいぶ記憶違いがあると思ったんですよ」

「何のことですか？」

「ですから、この前の話ですよ、母子ホームのこと、あれこれエピソードが書いてありましたけどね、私の知っている事実と違います」

それからのやりとりの結果、面会して話を聞く相談となった。

「いえ、私はそういう喫茶店みたいな人の集まるところは、苦手なんです。ホームのあった兵庫橋では、どうですか？　どこも当時の様子とは一変してますが、橋は残っています」

正雄の姉は、約束通り兵庫橋で待っていた。恐ろしげに勢いよく水を運んでいた玉川上水も、川床に細い流れを残すだけだ。

ホームの少年のころ、兵庫橋を上流へ二〇〇メートルほど進んだ場所に、ときどき怖々と覗く楽しみな施設があった。

川に流れてきたゴミを回収するための水中柵で、管理小屋もあった。その脇の黒い門扉《もんぴ》が、ときどき閉まるのだ。それは水死体の上がった合図で立ち入り禁止となり、警察車両が集まった。

黒い門が閉じられると、ホームの少年たちはにわかに活気づき、誰彼なしに土左衛門《どざえもん》の情報を伝え合い、秘密の場所に向かった。

管理小屋から大きく迂回した反対側の道を通り、土手のかたわらに立つ樫《かし》の古木の下に集合した。そこを出発点に草の中を匍匐《ほふく》前進で水門の見える場所まで行くのだった。

「その話、弟から何度も聞きましたよ。喜んで見に行ったなんて、嘘ですよ。あの子、いつも泣きながら、いやいやついていったんです」

橋の上から、水門の跡地を眺めていた細かい皺《しわ》の重なる顔が、こちらに向き直ったとき、強い眼差しが意外に柔和な表情を帯びていることに私は気づき、詰問の調子とのちぐはぐな印象に途惑った。

「正雄が嫌がっていた様子は、なかったと思いますけどね、ずいぶん昔のことで記憶はぼんやりしていますが」

　這いながら溺死体に近づく少年たちの動きは、いつも正雄と私だけ遅れがちだったが、いざ現場に辿り着くと、二人は誰よりも土手から身を乗り出すので、上級生に叱られていた。

　皆で初めて水死体を見たときは、私が最年少で小学校四年だったので、正雄はいなかったと思う。夏休みの終わりころで、二つの死体がごみと一緒に柵に引っかかり、白っぽい衣装の貼りついた身は膨らんで俵のように浮かんでいた。それを三人の係員が熊手のような長柄の道具で引き上げる。一人はわずかに残った長い髪が流れに揺れていたので、女のようだったが、簀《す》の上に横たわった体にすぐさま茶色の毛布が被せられて性別は判らなかった。

　こうした少年たちの行動の数々は、もちろん母親たちには秘密だったが、私は帰宅した母に自慢話として伝えてしまい、ホームの「先生」は親たちの緊急会議を招集した。リーダー格の高校生は、軍服姿の父親の遺影に線香をあげ、長時間正座して謝罪の祈りを上げることを命じられた。

　翌日、私は物置小屋に呼びつけられ、上級生たちから、激しく蹴りを入れられた。蹴りになるのは顔を殴ると、リンチがばれて面倒になるという配慮からだった。それでも少年たちの溺死体の見物行は、やむことがなかった。

「太宰治が愛人と上水に飛び込んだときも、三鷹からあそこに流れ着いたんです」

「ええ、何度も聞きましたよ」

私がそう応じると正雄の姉から溜息が一つ漏れた。それからあらかじめ整理してきたのか、順序立てて、私の記憶の修正が始まった。

「散歩しながら話しましょう。岩崎橋まで行って、またここに戻ればいいですから」と言うなり、老婦人は歩き出していた。

「ホームが少年ばかりで、くにちゃんが小学校五年の時点で言えば、高校生以下の女子は一人もいないって書いてあったけど、違うでしょう。今中さんのところは、お姉さんが家を出ていたけど、二番目の娘さんが残っていたし。それと片岡さんのところに双子の姉妹がいましたよ。まだいました。京田さんの一人娘」

「忘れてました。皆さんとはあまり話をしたことはなかったんで」

四人の面影がふいに浮かび、私は宮前の春日神社の祭に行くのに、双子の妹から五円玉ばかりの二十円を借り、母が返しにいったことを思い出した。

「蛇のこととか、線路に釘を置いたとか、高校の食堂に忍び込んだとか、いろいろな悪さのことを書いていましたね、でも、肝心な事が欠けているんです」

「そりゃ、書いていないことは、まだたくさんあります」

「記憶のことじゃないです。だって、くにちゃんが、そもそも知らないことですから。あなた、いつも叔父さんのところに逃げていったでしょう。その後がいつも大変だったのよ。警察沙汰にならないように、お母さんたちが、喧嘩腰で相談しあって」

岩崎橋を渡り、川の北側の道をふたたび兵庫橋に向かって歩く。川沿いには槿《むくげ》が並び、白い花をつけている。昔は芒《すすき》が密集し、川面へと傾斜する土手の下には、鬼百合が大きな花弁を開き、甘草が淡紫色の花をつけていた。

「くにちゃんの場合、記憶違いとか忘れているとかじゃなくて、知らないだけなんです」

くにちゃん、という呼び名はいい加減やめてほしいと思ったが、今さら手遅れだった。

「東工大から自動車会社に入って、エンジンの設計士になった徹也だけど、知ってましたか？あなた方がスカートの中を覗きたがった家庭教師の雅子先生と結婚したの。姉さん女房だった。でも、八年で別れちゃった。徹也が亡くなったのは、その後のこと」

「知らなかったです。そうなんですか」

しかし、私が何よりも聞きたかったのは、いま一緒に歩いているオオツカトキエ自身についてだった。正雄に姉がいた事実をまったく思い出せないのだ。この人は誰なのか？

兵庫橋に向かう川沿いの道が、進むにつれて芒が増えてきた。土手の斜面には白い百合の花が見える。道が狭まって、オオツカトキエが私の背後についた。足に草がからむ。

兵庫橋に着く時には、この女は消えているだろう、と確信めいた思いが膨れだした。

4　また一人現われた――緑橋

背後に連れ立つオオツカトキエの視線が、腰から首筋へと冷たく這いあがってくる。足音も乱れなく続いていたが、間もなく消えるはずだという私の思いは変わらない。

兵庫橋へ戻る上水沿いの道、風が芒《すすき》の葉をざわつかせながら通り過ぎる。

「くにちゃん、それじゃ、私はこのあたりで」

といった挨拶があるだろうか。いや、そんな名残りを惜しむような別れ方をする理由はない。きっと煙のように消えるのだ。それとも何か消滅の秘儀のようなことが起こるのだろうか。どちらにしても、振り返って見てしまうと、禍々《まがまが》しい場に身が引きこまれるような事態になるかもしれない。そんな大仰な思いが動きかけたとき、背後の視線の気配がなくなった。

まだ四十代前半だった母が、仕事帰りに野生のニラを摘んだりしたのはこのあたりだろうか、とふいに気がそれ、土手の小藪を覗いた。それから体勢を戻そうと顔を傾けた瞬間、視野の端のどこにも老婦人の姿はなかった。

もはや兵庫橋に戻る必要はなくなったが、私はそのまま歩いた。少し進んで、上水の対岸の道を私と同じ歩調で橋の方向に進む人影に気づいた。ところどころ槿《むくげ》の白い花が咲き撓《しな》っているが、その繁りの隙間ごとに男の姿が現われては消え、おのずと互いに動きを探る成り行きになっていた。

橋に近づくと相手は足を速め、先に私の進む南岸の道に回り込んできた。ジャージ姿の小柄な中年の男で、ジャイアンツの野球帽を頭に乗せ、風に押されるように不安定な足取りで近づいてきた。何者かすぐに推測できた。

「マーちゃんでしょう?」

私は少年時代の呼び名で声をかけた。呻《うめ》くような男の息遣いが近づき、いったん斜めに退いた。脇から散歩中の若い女性の連れた柴犬が、念入りに正雄のズボンのあたりを嗅ごうとしたからだった。女性は「ドン、こっちだよ、何してんの」と犬に言い、綱を引き寄せた。

もしかしたら、散歩人には正雄の姿が目に入らないのかもしれない、という思いが掠めた。犬が鼻先で宙を探っているようにしか見えないのだろう。しかし、私にはこの透明の人間を認知できる。

正雄への確かな記憶を持っている人間にだけは見えてしまう。そんな確信がどこからくるのか判然としない。

「くに、俺だってよくわかったね」

と五十代に入って歳を取ることを止めた正雄が呟いた。吃音はなく、そのかすれ声は少年時代の記憶とつながらずに違和感があった。

「いま、マーちゃんの姉さんとかいう人に会ったところだから、予感があったんだ。現れるかもしれないって」

「いっしょに来たわけじゃないけどね」

「ちがうのか」

「姉が来るのは聞いていたけど、俺はずっと太一や健太たちと会っていたんだ」

どういうことだろう。あれこれ訊ねたいことが一度にせりあがってきた。

「マーちゃんに姉さんがいたって、知らなかった」

「えっ、知らない？　南の角部屋に、京田っていう母と娘がいたろう。覚えている？　京田は母親の姉、だから俺の叔母だけど、ずっと独身でね、それで、時枝姉さんが養女になったんだよ。だから、戸籍名も京田時枝。姉とは四歳から一緒に育っちゃいない」

「そうだったか。みんな知ってること？」

「みんなかどうかは判らないけど、母親たちは知っていたはずだよ。おふくろは、男との付き合いでも何でも喋っちゃう、あけっぴろげな性格だからね。伯母とはまったく逆だった」

後年、母から聞かされたことだが、共同炊事場で母親たちが揃った折など、正雄の母の危うい情事の相談に乗っていたらしい。年長の子どもたちは、薄々知っていたことだったに違いない。

ある時、私には思い及ばない気づかいの空気が張り詰めていたことがあった。最年長の高校生の徹也が太一たち三人を引き連れて渋谷に出かけたとき、昼さなか道玄坂の路地で正雄の母が男と一緒に情け宿へ入っていくところを目撃した。二人が逢引きを終えて出てくる時間まで辛抱強く待ち、皆は様子をうかがっていた。

ホームに帰って、太一が正雄にからかう口調で一部始終を話してしまった。

義樹は裏庭に正雄を含め関係者全員を招集した。太一は物置に引きずり込まれ、激しく殴られた。中から泣き声が聞こえると、物置の外にうずくまる正雄の嗚咽も始まった。結局、この情事の一件は厳しい箝口令《かんこうれい》が敷かれた。恐怖の抑止効果で、口外する者はいなかった。

私はその場に立ち合ってはいない。また叔父のところに退避していた時期なのだろうか。この話を誰から聞いたのか、思い出せない。私が知っているとすれば、秘密は守られなかったことになるわけだ。

正雄の話から、今頃になって何十年も不可解だった場面につじつまが合った。正雄の部屋から、京田さんのひそひそ声が聞こえ、ときどき怒気を含んだ叱責に変わることもあった。なぜ二人が諍《いさか》いをしているのか小学生の私には知るよしもなく、炊事場兼洗濯場の隣にあったその部屋の前を通るときは、おのずと忍び足になった。

　気が合うと思っていた母親同士が、共同便所の掃除の順番や玄関の靴箱に二十日鼠を入れた犯人をめぐって反目し合うことになったり、逆にそりが合わないはずの関係が、和歌山の親戚から送られた温州蜜柑《うんしゅうみかん》を分けたことで、しばらく和やかな雰囲気が続いたりした。

　九所帯の母子家族が六畳一間にそれぞれ暮らしていたが、部屋と部屋の間は襖障子《ふすましょうじ》で区切られているだけだった。どのうちも家具を障子側に寄せて音を防ぐ工夫をしていたが、話し声は筒抜けで、聞こえてもとりたてて気にせず、騒がしさなどごく当たり前の生活として日々を過ごしていた。

　それでもたびたびトラブルになったのは部屋ごとのラジオの音量で、歌謡曲の番組で石原裕次郎の唄が始まると音量が上がり、別の部屋からは文化放送の「ユア・ヒット・パレード」が聞こえ、ポール・アンカの「ダイアナ」に家族の調子はずれの合唱が加わった。終わると「うるさくて寝られない」と母親たちの言い争いになった。いつも先に甲高い叫声を上げた方が勝ちになるが、折を見計らって元校長の未亡人の「先生」が現われ、芝居がかった冷静な物腰で騒ぎを治めた。

　私は両隣のやかましい音の谷間で身を縮こませながら宿題をしていたが、母と姉はいつも早々と寝息を立てていた。

　こうしたホームでの少年期の生活環境に発するものかどうか定かではないが、私は今にいたるまで何かの音を伴っている方がデスクワークに集中できる。

親同士の喧嘩があると、子どもたちは傷心の気分を引きずり、顔を合わせるとお互いによそよそしいほど気づかいの態度を示した。

「マーちゃん、何か用事があってきたんじゃないか？　太一や健太に会っていたらしいけど、それと何か関係がある？」

どこか行く当てがあるのか、正雄の歩みについていくうちに、兵庫橋から北に向かい、かつて農家の屋敷林に挟まれていた細道から下り坂になり、神田川に続く切り通しの道に入った。さらに歩き続け、緑橋を渡り、桜並木が続く。昔、遊びまわった場所で、ここへ来ると気分が昂揚《こうよう》し、記憶の輪郭が濃くなっていく。

「太一たちに会うのは今日じゃないよ」

正雄の答えのずれ方に何か意味があるのか、私はとまどい、間ができた。しかしさらにまた話がそれた。

「さっきから、くにが何を考えていたか、わかったよ」

「どういうこと？」

「ここに電光掲示板みたいなものがあって、ぜんぶ映し出されるんだ」

正雄は笑いながら言い、人差し指で私の額を押さえた。気味の悪いほど白さの目立つ手に静脈が浮き出ていた。

「トイレ掃除の当番のもめ事まで思い出していたね。あれは、健太に責任があったんだ」

「トイレじゃなくて、便所といってほしい」

「そう。汲み取り式だったしな」

ホームで悪夢として甦ってくる場所は、いつも共同便所だった。男女共用で、コンクリートのたたきの右側は板戸の並ぶ十か所の和式の個室、左側は立小便用の便器が並んでいた。各個室は家族ごとの専用になっていたが、朝の繁忙時などは空いているところへ各自勝手に入ることも多かった。

一か所使うだけでも臭気が回り、大勢が占拠すると息が詰まった。個室に入って臭いに耐えながら下を覗くと、糞壺にウジ虫が盛り上がるように蠢《うごめ》いていた。汲み取り屋が来るのが長引いたりしたとき、糞尿が尻の下に迫り、跳ね返りで排便が恐怖の体験になることもあった。

私は誰かが脱いだ直後のサンダルのぬくっとした生温かい感触も苦手だった。健太の引き起こした掃除のトラブルは、このサンダルにホースで水をかけてしまい、それが実はわざと放尿したものだと真偽不明の話が伝わったためだった。

我が家に便所掃除の当番がきて、私も手伝った後、磨き上げた便器のへりが夕陽で輝き、窓の外にはコスモスの淡い紅色の花が咲き誇っていたこともあった。これは実景だったのか、それとも夢に現れた幻の光景だったのか。

5　もっと音を大きくしてください──新世界

谷の奥にあった白いテント小屋の夫婦に別れを告げたとき、午後の陽ざしが眩《まばゆ》いと感じたのだから、夕暮れにはまだ間があったと思う。

あれは、何時ころだったのだろうか。

右手の山を崩した造成中の壁面はまだ翳りが降りて来ず、剥き出しの赤土が艶を帯びていた。父母の声を後にして墓を離れ、黒いコートの男に案内されるままテント小屋の仮住まいに立ち寄り、牡牛《おうし》の妻に乳を飲ませてもらったことは確かだ。

唇に思いのほか硬い感触と、舌にバターを溶かしたような濃い油脂と青草の匂いのする乳の味も残している。まさかそれにふんわりと漂うような眠りを導く誘引物質でも入っていたわけでもないだろうが、帰るはずだったのにうたた寝をしてしまったらしい。とは言っても、眠ったのはいつだったのか、ほとんど自覚がないのはどうしたわけだろう。今だって同じだ。

もーふ、もーふ、と牝牛《めうし》が相変わらずだぶついた腹を横に流しながら、大らかな声で鳴いた。

「いろいろお話ししてくださって、とても興味深く、心にしみました」

女房はそう言っています、と男が通訳した。

「えっ、わたし、何か話しましたか？」

ここで長々と話し込んだ覚えがない。牝牛は横たえていた身体の向きを変えて、ふもー、ふもーふ、と鳴いた。男はふたたび通訳した。

「母子ホームの思い出をたくさんお話してくださいました。もっとお聞きしたいくらいです」

「そう、まだ話をしていないことがあるように見えるが、そうじゃないか？」

と男が話を引き取って訊ねた。

「どうしてそう思われましたか？」

「何か音楽に関係した思い出じゃないかな？　ラジカセの横に積んであるCDが気になるらしくて、さかんに目をやっていたからね」

牝牛の夫は半身の姿勢で手を伸ばし、CDを引き寄せた。全部で三十枚ほどもあろうか、ほとんどがクラシック音楽だったが、ピアソラのアルゼンチン・タンゴとかモンゴルのホーミーもあった。私の好きなアルヴォ・ペルトも入っていた。バッハのゴルトベルク変奏曲、ベートーヴェンの交響曲第九番「合唱付き」といった具合に一枚一枚眺めていくと、記憶が刺戟されて曲を聞いたときの光景や気分が甦ってきそうになるのだが、ほとんどぼんやりと霞がかかっている。というか、頭の奥の方にこんがらかった糸の塊のようなものがあって、ほぐそうとするにも端緒が判らず、もどかしい思いがするばかりだった。

何か特別な順番でもあるのか、牝牛の夫はCDを重ね直した。どうやら録音年代順らしく、一番上はフルトヴェングラーがバイロイトで指揮をした第九交響曲になった。終楽章のひときわ澄みやかに響きわたるシュヴァルツコップの歌声が耳に届いた。その記憶の中のソプラノに続けて、もーふ、もー、もーもと牝牛がゆったりと鳴いた。

「音を大きくして音楽を楽しみたいのですが、こういう場所でも気をつかうので、イヤホンで聞いています。ときどき、二人で片方ずつ耳にはさんだりして、と家内は言っています」

「夕方近くになると、カラスどもが墓の供物をあさりに集まってくるんだが、あいつらの鳴き声にはまいる。声の周波数が特殊で、どんな音も突き抜けちゃうんだから」

夫がそう続けると、牝牛が何か思いついたように述べた。

「何かお聞かせしたらどうかと家内は言っています」

「じゃ、上から二番目のCDがいいです。古い録音ですよね。何の曲ですか？」

私がイヤホンを耳に入れるのと同時に、男は黙ってケースをよこした。

ドヴォルザーク作曲、交響曲第九番ホ短調「新世界より」。名曲には違いないが、聞く前から厭《あ》きる感じがあって、久しく耳にしていない。しかし、指揮者がカレル・アンチェルとある。

なつかしいものに触れたという思いが閃光のように走る。瞬時、記憶をたぐりよせようとするが、具体的な映像が結ばない。

イヤホンから「新世界」が聞こえるのだが、むしろ音楽よりも遠い記憶に耳を澄ましている感覚だ。

疲れもあって記憶をたどる意識的な気分の構えがゆるんでいき、目を閉じたとき、左耳のイヤホンが引き抜かれ、男の手によって牝牛の右耳に入れられた。

気のせいか、曲の響きがいったん牛の大きな図体を通過して増幅され、柔らかく深みのあるような音に聞こえた。演奏は第二楽章に入り、イングリッシュ・ホルンが哀愁をにじませた牧歌的な旋律を歌いだす。

「もっと音を大きくしてくれませんか」

私は囁き声で男に伝えた。瞬間、記憶が一気に巻き戻されて、若い女性の声が甦った。

「くにちゃん、うちのお母さんが、もっと音を大きくしてほしいって」

声をきっかけに、でこぼこ、ぎくしゃく、取り留めない順序で、記憶の情景が入れ替わり、音楽をめぐる思い出が浮かび上がった。

中学一年の音楽の時間。担当の桂子先生は当時二十代の終わりくらいの年齢だっただろうか。この先生は、エピソード豊かな解説を交えて、名曲のレコードをかけてくれた。

その日の曲目はドヴォルザークの交響曲第五番「新世界より」。今は楽譜の出版の順番ではなく、作曲順に九番として表記される曲だ。もちろん、ＬＰレコードのモノラル録音。夏休み前の試験期間の近い教室だったせいか、さわさわと私語が行き交っていた。すると先生は途中で針を止めてしまい、生徒たちに訴えた、「私は広島生まれで、原子爆弾に被爆しました。それで毎朝、目を覚ますと、まだ生きていることを感謝して一日一日を送っています。そういう私を一番力づけてくれるのが音楽です。音楽には人を励ましたり勇気づけたりする不思議な力があるのですよ。そのこと、皆さんに伝えたくて、こうして教室に来ています。ですから、静かに聞いてください。いまの曲、どうしますか？　続きを聞きますか？」

束の間、教室は静かになった。その様子を見て、桂子先生は、残り時間を考え、一番有名なメロディのところにしましょうと第二楽章のラルゴを聞かせてくれた。「家路」のタイトルで知られている名旋律だが、私は途中で止めた第一楽章の方に心動いた。

名残惜しく、授業後レコードを見せてもらいにいった。牧場と丘陵の広がる田園風景のジャケットで、二五センチのＬＰだった。買う余裕などないことを承知で、「指揮カレル・アンチェル、ウィーン交響楽団、フォンタナ・レコード」とメモした。当時は、指揮者が誰かなどまったく関心がない。それでもこの指揮者のことが印象に残ったのは、桂子先生が、アンチェルはこの前の戦争でとてもつらい経験をした人なんです、と短く言った記憶があるからだ。もしかしたら、授業中の発言だったかもしれない。心に引っかかるところがありながらも、経歴など調べることまで考えなかった。

この授業の光景が、なぜ強く思い浮かぶのだろう。たぶん弟によく似た経験があるからだ。父の死後、一家離散の危機に直面したなかで、サバイバルのために三歳の彼は、熱心なアングリカン・チャーチ（聖公会）の信者だった叔父夫婦に引き取られて北海道で育った。二十歳頃に聞いた話だったろうか。札幌の中学で音楽の時間、バッハのブランデンブルク協奏曲の第五番が教室に流れ、深く心に沁みたのだが、周りがざわついて集中できず、立ち上がって仲間たちを鎮め、先生に最初からレコードを掛け直してもらったという。別々に育った兄弟が共通の嗜好《しこう》や似た経験を互いに見出すとき、面映《おもは》ゆい思いと少しばかり感傷的な気分が湧き出す。後年、この男は牧師となり、神学校の教師として働いている。

田園風景のジャケットが、ひりひりした思いで脳裏にちらつく。家でレコードを聞きたい。しかし質屋通いで食いつないでいるような母子家庭にとって、あらかじめ失われた恋に憧れるようなものだった。

姉は父親の死とともに、せっかく入学した高校にほとんど通う余裕もなく、働きに出て数年たっていたのだが、私の願いを笑うばかりだった。ところがある日、勤務先にアルバイトに来ていた電気通信大学の学生のＫＳさんから妙案を聞いてきた。

テレビにレコード・プレイヤーをつなげ、スピーカーを鳴らすという簡便なものだった。ＫＳさんは友人の働く電気専門学校で廃棄されたテレビを修理し、我が家に運んできた。コロムビア製のテレビが奇跡のように置かれた。数日後、別の友人からもらい受けたというプレイヤーも届いた。こちらはビクター製。数年後の秋、KSさんは姉の夫となった。

現今のデジタル化された音響装置から見れば、単に音というものが出るにすぎない昔の白黒テレビの小さなスピーカーだったが、あるのとないのとでは天地の差がある。肝心のレコードはどうしたのか。値段は千円もする。母の月給が、何年働いても大卒の初任給に遠く及ばず七千円弱、姉は四千円程度。レコードの千円は、白米十キロとほぼ同じ値段だった。

間もなく、母の手から手品のように千円札を渡された。後から聞いたのだが、姉のコート、母のブローチ、アイヌの職人の彫った熊の置物が、久我山の質店《はたしちてん》の質草となっていた。熊の置物などで金を貸してくれる不思議を、当時とりたてて疑いもしなかったのだが、ときどき熊が棚から消えるたびに、母たちの窮状を察し、心を痛める少年ではあった。

西荻窪北口のレコード屋に行き、学校で聞いた同じ指揮者、同じ楽団の「新世界より」、フォンタナ・レコード4520を買った。ジャケットの解説を読んでも、カレル・アンチェルが一九〇八年南ボヘミア生まれで、プラハ音楽院に学び、弱体化したチェコフィルハーモニー交響楽団を世界有数の楽団へと立て直した程度のことしか書いてなかった。

詳しい経歴を知ったのは、何年もたってからだ。私の音楽鑑賞の基礎を作った荻窪のクラシック音楽喫茶「ミニヨン」で読んだ音楽雑誌を通じてだった。そのころ、私は高校を卒業してさまざまな仕事を渡り歩きながら、週三日ほど千駄ヶ谷の英語専門学校の夜間コースに通っていた。そのような日々でも「ミニヨン」によく通った。女性オーナーは取っつきにくい人だったが、曲や演奏家の質問をすると、愛想のない口調ながら、まことに丁寧に意見を述べてくれた。このちぐはぐな応対が、私はけっこう気に入っていた。カレル・アンチェルに関する雑記事を教えてくれたのもこの人だった。

桂子先生の授業で聞いたレコードを思い出し、買いそろえていったのも、この時期である。オイストラッフ独奏、オーマンディ指揮のメンデルスゾーンのヴァイオリン協奏曲、ダークダックスのフォスター・アルバム、テノールのステファーノの歌うイタリア民謡集とか。「ミニヨン」で知ったカレル・アンチェルの戦時中の出来事が、ようやく桂子先生の呟いた言葉と重なった。

一九三〇年代後半、アンチェルは期待の若手指揮者としてプラハ放送響で活動していたが、ファシズム批判の解放劇場で演奏したという理由で解雇され、あげくはユダヤ人であったために家族もろとも強制収容所に送られた。収容所をあちこち移動させられた末、両親と妻、子どもまでもアウシュビッツで殺されてしまう。

一人残ったアンチェルはゲットーでもユダヤ人演奏家を集めてオーケストラを組織し演奏会を開くことを許された。ナチが映画に撮って、ほら世界の皆さん、ユダヤ人はこんなに元気にやっていますよ、と宣伝に利用する価値があったからだ。

アンチェルはテレジンの収容所で孤独な終戦を迎える。戦後、彼はプラハ放送響を短期間で立て直し、壊滅的な状況だったチェコフィルハーモニー交響楽団を常任指揮者となって復活させた。

「ミニヨン」の雑誌で知ったのはここまでだ。しかしそれから三年後の一九六八年八月、チェコの民主化運動を抑えこむため、ソヴィエトを首謀とするワルシャワ機構軍がプラハに侵攻した。このチェコ事件が指揮者に新たな運命の変転を招く。

アンチェルはアメリカ旅行中だったが、帰国を断念しカナダに亡命する。このあたりの政治的判断は、かなり微妙で複雑な事情があるにちがいない。なぜならば、全体主義的な共産党政権を批判し、四十二年間も故国に帰ることを拒否したラファエル・クーベリックに比べれば、いかにも官僚国家の体制的な御用音楽家と言えないことはないからだ。スターリニズムの抜けきっていない政権下で、貴重な外貨を稼いでくれる国の宝だから、文句さえ言わなければ大事にされたはずだ。それでも当時の政府に内心は批判的だったかもしれない。しがらみを考えれば、政権交代したチェコ事件のあとは帰りづらかったことも考えられる。このように政治的意識を推測すれば、堂々巡りになり、錯雑とした思いに陥っていく。

アンチェルの亡命は何らかの政治的抗議とか、イデオロギー的な信念による決断なのだろうか。こう考えることに何か違和感を覚えてしまう。ナチスから受けた深い凄惨な傷、まさしく生々しい心身にわたる恐怖が甦ったせいなのだと私には思える。

亡くなる数年前にトロントで撮影されたスメタナ『モルダウ』のリハーサルの映像を見たこ

とがあるが、笑みを絶やさない温厚な人柄が伝わってくると同時に、いかにも繊細で怯《おび》えやすい人物に見えた。楽団員への指示と注文は細かく、とりわけハーモニーに関して頻繁にダメ出しをするが、質問があると指揮台を下りて楽団員の譜面にわざわざ書き込みをしたりする。一緒のDVDに入っていた、アンチェルの師匠ヘルマン・シェルヘンの叱責に近い強圧的な練習とは対比的だった。

いずれにせよアンチェルの内面は、ただならぬ捩《よじ》れを内包している。ある意味でそれを隠し味にして、あくまでも美しいハーモニーを重視する基本的には温和な音楽に聞こえる。しかし、図らずもテンポを落とし、あまりに美しく仄暗い淵へ沈んでいくときもある。

一九六六年録音のチェコフィルハーモニー交響楽団を指揮したマーラーの交響曲九番は、そうした魅力の充溢《じゅういつ》した最高の演奏の一つだ。終楽章のアダージョなど、流れるような旋律にのってヴァイオリンが浮上し、ふたたび低弦に溶けこんでいく深々とした響きは、人間のあらゆる感情が織り成され、ゆっくり天空に昇っていく至高の音の世界を感じさせる。二十一世紀に入ったころ、チェコのスプラフォン・レーベルから膨大なアンチェルのレコードが復刻されたが、その中で出会った忘れがたい一枚となった。

言うまでもなく指揮者のことなどほとんど知らない中学生は、その日も間仕切りは襖だけという母子ホームの六畳間で、音量に気をつかいながらドヴォルザークの「新世界」交響曲を聞いていた。第四楽章に入ったころだったか、部屋の前で立ち止まる人の気配がして、私はあわてレコードを止めた。

「くにちゃん、うちのお母さんが、もっと音を大きくしてって、言ってるんだけど」

今中さんの次女の里枝で、私より四歳年長だった。母子ホームに最後に入居してきた今中さん親子は、共同の炊事場にもトイレにも隣接した、陽の射さない六畳間に住んでいた。

私はテレビとプレイヤーを今中さんの部屋に運び、レコードをかけた。今中さんは和服の針仕事で生計を立てている人で、手を動かしながら曲に聞き入っていた。里枝は本を読み、私は畳に寝転んで、半ば微睡みの中で旋律を追っていた。

曲が終わると、今中さんは大感激でお礼を述べ、今度また別のレコードを聞かせて欲しいと言った。夜、帰宅した母が今中さんから話を伝え聞き、母自身からも感謝された。その折だったか、もっと後のことだったか覚えてないが、今中さんは母子ホームに入る直前、船員だった長男を亡くしたことを私は知った。自殺とされていたが、実は船員同士の諍《いさか》いで殺されたのではないかと今中さんは疑っていた。他の船員の話からつかんだ事実があったという。だが、警察に相談したものの船長の証言を覆せなかった。

数日後、今中さんは私を散歩に誘い、兵庫橋を渡り、神田川の緑橋に向かう道を進み、檜の巨木のある農家の庭に入っていた。

納屋の前に筵《むしろ》が敷かれ、朝採りのトマトが並んでいる。縦一列で五十円だった。十個ほどもあったろうか。今中さんは私にも好きな列を選ばせ、我が家への土産として、袋の形に結んだ風呂敷へトマトをつめた。

遠い記憶の薄闇で、田園風景のレコード・ジャケットと筵一面の赤く熟したトマトが並んでいる。

カラスの声が聞こえ、背後の木立が揺れた。墓の供物をあさる時間になったのだろうか。黒いコートの男が逆光を背に近づいてきて、私に声をかけた。

「まだ、ここにいたんだね。どうだい、我が家にまた寄っていかないかい？　ほかの曲も聞くといい。何か思いだすかもしれないし」

立ち上がると、二つの幻影が細長く重なり揺れていた。

6　シマウマ模様のような──久我山

強盗という家業が、ヨーロッパにおいて古い歴史を積み重ね、独自の言語や習慣、信念、名誉を持ち、各地の強盗団の大家系は互いに王家のように連携しあい、貴族的な矜持《きょうじ》さえあった。強盗業は親から子どもへと代々受け継がれる生業《なりわい》として、確固たる文化史の一つを成していたのだ、とヴァルター・ベンヤミンは「昔のドイツの強盗団」（『子どものための文化史』）の中で記している。

この家業の起源や一家の掟、とりわけ多くのヘブライ語が混入しているロートヴェルシュといった一家の使用言語など、興趣を呼び起こす問題が多くあるが、今ここでは触れない。マフィアとか、極道、博徒の社会文化史的な系譜なども措《お》いておく。

ベンヤミンの言葉からにわかに誘い出された記憶像があり、私はある人物の幽《かす》かな姿を早く引き寄せたいのだ。一つの記憶は、しばしば別の記憶を呼びこむ。というか、記憶というものは、複数の記憶が連動し、混淆《こんこう》して浮かび上がることがむしろ常態だ。

裏小路のさらに奥の路地裏に吹き込んできた風の行方を追うような気分とでも言おうか、家業としての強盗の歴史を省察するベンヤミンのエッセイを思い起こしたとき、その奥に小さな記憶の辻風が湧いたのだ。

舞台はここでも杉並区久我山の福祉施設〈母子ホーム〉。私は小学六年。五月の黄金週間が過ぎた頃であったか。私より一歳下の少年が、祖母と一緒に入居してきた。ホームは満室だったが、トイレの前の共同使用していた六畳の物置が急ぎ居住用に設《しつら》えられた。

真実か否かはともかく、事情は福祉事務所の役人から母親たちに伝えられたらしいが、年少の子どもらは何も知らない。とりたてて関心もなかった。それでも、年長の少年たちが、この虚弱そうな色白の新入り少年に、いつ入所儀礼のヤキを入れるのか心配で、私は気の重い日々を過ごしていた。ところが、いっこうにその祭儀の気配もなく時は過ぎ、少年と祖母は夏休みの終わりに、慌ただしく退所してしまった。

たった三か月の共同生活。経緯からすれば、それだけの話に過ぎない。少年は口数も少なく、どのような背景があって祖母と二人でホームに来たのか判らなかった。年齢が近いせいか、「どんな子?」と私は皆にたびたび訊ねられたが、とくに親しかったわけではなく、不本意な気分だった。祖母という人も謎めいていて、ホームの母親たちと年齢に差がないように見えたし、「おばあちゃん」と「おばちゃん」と、少年の呼びかけ方も折々で違いがあった。

多くの思い出がそうであるように、濃淡入り混じる斑模様の記憶像しかない。いわばシマウマみたいな模様だが、その濃い部分と薄い部分に目を凝らすと、記憶の余白に浮かび上がってくる光景がある。忘却に沈んでいた出来事のはずなのに、ひとつのエッセイがこうした心像を引き出す契機となった。その意想外の追想の勢《はず》みに、いま私は驚いている。

事実をめぐる記憶に時系列の混乱があるが、思い出せる順に書き留める。


少年がホームに来たのは昭和三十三年、とまず記して気がついたが、肝心の名前が思い出せない。「ジュン坊」と皆は呼んでいたが、「淳一」だったか、「順也」だったか、単に「純」だったか。そのジュン坊は、ホームにいた晩春から夏休みの終わりまで、右手に包帯を巻いていたが、その理由を正確に知ったのは、昭和四十一年、私が二十歳の秋のこと、調布市の花屋の店先で、ある人物を介してだった。

この人物の姓名も記憶から失せている。第二次世界大戦まであった、瀬戸内の陸軍の輸送基地の場所と同名だと誰かから聞いた覚えが朧気《おぼろげ》にあるので、広島の宇品《うじな》であろう。この宇品という人物は、当時おそらく二十代の終わりくらいだったと思う。ホームの最年長の高校生より十歳ほど上だったからだ。どのような事情で引き起こした傷害事件か判らないが、数年の刑務所暮らしの経験があった。

　ホーム近くの第一種・久我山都営アパートに住み、家族らしき人影はなかった。単身者は入居できないので、名義上の同居者がいたはずだ。階段の前の道路にときおり巨大なアメリカ車のダッジが停まっていた。サングラスをかけ、爆音を響かせて走り去る宇品の姿に、近所の住民は畏怖を覚えていた。この人は新宿のK会の組員だったが、K会がどのような組織か、子どもでも知っていた。

　宇品は高校時代に野球部に属し、三塁手として夏の甲子園大会の東京都予選でかなり勝ち進んだという噂があったが、真偽のほどは確かではない。なぜか近所の子どもたちに野球を教えるのが好きで、どのような伝《つて》があったのか、それとも勝手に使っていたのか、ホームの子どもとその友人たちを本州製紙（現王子製紙）のグラウンドに集めコーチをした。チームの頭数が足りないので、私はしぶしぶセカンドとして仲間に入っているだけだった。もとより、やる気がない。一塁への投球がそれてばかりいる。ある日、予期したとおり、私だけ居残りの特訓を受けた。基本ができていないからだと延々とキャッチボールが続く。宇品と向かい合い、緊張し、怖ろしさで体がこわばった。特訓は次の週で終わったのだが、分かり易い単純なヒントだけを与える指導は的確だった。受ける球は当然のこと、投げる球の動きもしっかり目を凝らして最後まで追えというものだった。確かに球の軌道を見据えると、コントロールがよくなった気がした。

この間、ジュン坊は無表情で見物していた。たぶん内心では私の不器用な動作に苛立っていたかもしれない。

「どうだ、左手で投げてみるか？」と宇品はジュン坊に声をかけた。「右手、なかなか治らんね。でもな、親父をうらむんじゃないぞ、いいな。じゃ、ほら、投げろ」

ジュン坊はこのときも表情を変えず球を受け取り、大きく振りかぶった。すると華奢《きゃしゃ》な身体が柔らかくしなり、きれいな球筋でキャッチャーミットに収まった。

「おう、いいじゃないか。もう一球いくか」

宇品はそう言うと、今度は自分でミットを構えて腰を下ろした。緩い変化球が低めに落ち、バウンドとなって跳ね、宇品は捕りそこねた。

「おいなんだ、ドロップなんか投げやがって。どこで覚えた？」

ドロップは当時の言い方で、巨人の大友工司が得意としていた。今なら落ちるカーブ、あるいは単にカーブだろう。

ジュン坊は尋ねられても無口のままだったが、「おまえ、左手も使えるのか。二刀流なら、オヤジと同じだな」と宇品が言った瞬間、頬を歪め暗鬱な表情を浮かべた。

ジュン坊と祖母が退居し、いつしかダッジとともに宇品も姿を消した後、気まぐれな日程でしばらく練習は続いたが、チームは試合をする機会は一度もなく自然消滅した。

たぶんホームの寮母を通じての話だったと思うが、一年以上たって、三人をめぐる噂話がきれぎれに聞こえてきた。ジュン坊一家の世業は、抜き師すなわちスリだった。母親は電車内のスリを専門にする、いわゆる箱師であったが、父親はどの場所であろうと、手品にも等しく抜き取る巧技を持っていた。家業の歴史は古いとのことだが、どの程度かは判らなかった。

父親は伝承の技を何度となく教えにかかったが、ジュン坊は嫌がってわざと不器用を装った。父親は息子を殴り、怒りのあまり右の手首を砕いた。さらに虐待が続くことを心配した祖母が、ジュン坊を連れて母子ホームに退避してきた。ホームの存在を教えたのは宇品らしいが、一家とどのような関係であったか不明だ。ホームに説明に来た福祉事務所の役人も偽者だったようだが、寮母はそれを承知していた。この世の人事は、そうした「とぼけ」を分け持つことで成り立っているとも言えるが、子どもだった当時の認識の及ぶところではない。それどころか、こうした経緯が本当のことかどうか問うほどの自覚もなく、人間関係の背景などにも関心はなかった。したがって、宇品がどこかの大学で日本史を専攻し、二年生のときに五反田で傷害事件を起こして服役したことも、ながいこと事実不明のまま記憶の網目から素通りしていた。

こう書きつつも、何か気分がざわめき落ち着かない。

しばらくして、ジュン坊のエピソードに接続できるシマウマ模様の濃い斑の記憶がひとつ甦った。

高校を卒業し大学入学の学資を稼ぐために、私は日本橋郵便局やカナダとローデシアからくる石綿の処理工場、東京出版販売などあれこれ仕事についたものの金は貯まらない。仕方なく二十歳の年に危険手当が加算される榮太樓総本舗で羊羹《ようかん》作りをすることにした。巨大な回転ボイラーで小豆と砂糖を煮込むのだが、火傷の危険が付きまとう。いったん仕込むと煮上がるまで待機するので、読書の時間にあてることができた。残業はなく、定刻五時で終わるので、英語学校と予備校の夜間コースに通うのにも好都合だった。

場所は調布市で京王線の仙川駅から歩いて十分のところにあった。近くにキユーピーの工場もあり、こちらはお洒落な若い女性たちが大勢働き、いつも眩しい思いで通勤の行列に加わった。

羊羹作りに励んでいた年の秋、宇品が榮太樓本舗から徒歩圏内のつつじが丘駅近くで、花屋をしているという話を知った。母はかつてのホームの寮母と吉祥寺でよく遭遇することがあったが、居住者たちの消息の話題から転じて、聞き及んだのだろう。宇品は花屋を営む子連れの女性と結婚し、店にも出ているというのだ。店名はなぜかフランス印象派の画家と同じで、店主が知ってか知らずか定かではないが、幸い薄い人生を送った芸術家だった。私は宇品に会いに行くことよりも、そんな名をした店の姿に興味を惹かれた。

花屋は甲州街道から脇道に入った場所ですぐに判った。近くに産婦人科病院が見え、見舞い用の花を調達できる立地だった。入口は狭いが奥行のある縦長の洒落た作りで、花の溢れる明るいトンネルのようだった。私は一度通り過ぎて、また店の前に戻った。すると奥で丸椅子に座った宇品と視線が合った。私はこの視線を振り切るのは後ろめたい気分になり、また彼が心なしか会釈をしたようにも感じたので、近づいていった。

宇品は座ったまま動かない。ベンチで両肘を足に乗せ、前かがみになって野球の試合の成り行きを見つめる、というか選手の動きを監視しているような姿勢だった。

「何かお探しの花でも？」

宇品は立ち上がりながら、記憶していたよりもはるかに柔らかい声で言った。膨らみを増した身体を揺らし、左足が義足だった。名前が間違っている可能性もあったが、かまわず呼びかけた。

「宇品さんですよね、すいません、ちょっとお聞きしたいことがありまして」

私はかつて杉並の母子ホームにいた子どもで、少年野球のコーチを受けたことがあると自己紹介をした。

「覚えてないな、悪いけど」

覚悟していたことだったので、私はホームのかつての寮母にこの店のことを聞いて、懐かしくて訪ねたと説明した。

「寮母さんに？　誰が言ったのかな、たぶん山崎というやつだな」

「山崎さん？」

「いやいや、あなたの知らない女だよ。で、用件はどういうことで？」

「ジュン坊のこと、覚えておられます？　手に包帯を巻いていた子です。ホームにおばあさんと一緒に入ってきたけど、三か月だけしかいなかった」

「ああ、あの子ね。あなた、友だちだったの？　もちろん覚えているよ、だって母子ホームのこと、教えたのは俺だからね。でも、おばあさんじゃなくて、じいさんのイロさま」

そう言いながら宇品は小指を立てた。

「あれから、ぜんぜん会っていませんけど、ふいに何だか気になって」

「みんなあいつのこと、気にするんだよ」

「旧家の生まれだったんですよね？」

「旧家？」と宇品は笑い声になった。「まあ、お偉い古い家ではあるかもな。江戸時代にさかのぼるとかで、天明の飢饉の後の寛政ぐらいから続く、職人一家らしいから」

「天明の飢饉、寛政？　宇品さん、大学で日本史を勉強したそうですね」

「なに、ジュン坊じゃなくて、こっちの話になるわけか？　まさか、そりゃまったくの嘘、でたらめだよ。ただ歴史の本が好きだっただけ。新撰組の話とかね」

「職人って、何を作っていたんですか？」

「まあ、いろいろなものじゃないか」

「財布とか、バッグとか？」と勝手に飛び出していった言葉だったので、私は相手の反応を待たずに続けた。「ジュン坊も、後を継いでいるんですか？」

「それが、あいつはひどく嫌がってね。友だちなら、わけは知っているだろう？　いくら言っても覚えるのを抵抗するもんだから、親父が怒って、手首をへし折ってしまった。俺には、よくわかるんだけど、いったんそういうことすると、だんだんエスカレートするもんなんだ。バカ親父だよ、まったく」

「やっぱり本当の話でしたか」

「それで、じいさんの女だったアヤ姉さんが、孫ということにして、母子ホームに逃げ込んだわけさ」

「宇品さんと一家とは、どこで知り合ったのですか？」

「なんでそんなこと、聞くのかなー。知り合う場所なんか、いろいろあるわけだよ」

外からやわらかく風が入ってきて、水仙に似た匂いが身を包んだ。しかし、水仙はこの季節にない。ならば、ユリだろうか。近くの花台を見ると、シュラブ・ローズという名札が下がっていた。このとき、ふたたび風が来て、奥のドアが開き、「いらっしゃいませ」と弾んだ声がした。四十歳を少し過ぎたくらいだろうか、明るい表情をした小柄な女性が現われた。

「じゃ、ヒロさん、わたし出かけるから、よろしく。チカが帰ってきたら、今日は塾のある日だからね」

「はい、はい、だいじょうぶだよ」

「ばたばたして、すいません」

と私に挨拶をして、あわただしく女主人は店を出て行った。

「じゃ、ぼくも、そろそろ。急にお邪魔して、申し訳ありませんでした。そこのアザミ、きれいですね。五本くらい、いただいていきます」

「むりしなくても、いいよ」

「いいえ、好きな花ですから」

包装紙は英字新聞で、JAPAN TIMES のタイトルが見えた。

「あんたさ、ジュン坊がどうなったか気になるかい？　ちょっと遠いけど、居場所はわかっているんだ。まあ、わけありのところだけどね」

「そうなんですか。そうか……、でも、いいです、やめておきます」

「わかった。そのほうがいいかもな」

表に出ると、傾いた西日が街路を浸していた。つつじが丘駅が見え始めたとき、急に気持ちが変わって店に戻った。

「すいません、宇品さん、やっぱりジュン坊に会えるなら、お願いしようかと思って」

「そりゃダメだよ、いったん断ったんだから。花だって、一度ちょん切ったら、もうくっ付きやしないだろ」

ここまで斑模様の記憶の濃淡をたどりながら、何とか空白を埋め、一つの話を繋いできた。

だが、それも行き止まりになった。

だが、私はいま、最後に残った薄いストライプに意識を集中しようとしている。

夏休みが始まったとき、ジュン坊とホームの子どもらが四人で吉祥寺のアーケード街の模型屋に行ったことがあった。私とジュン坊が先に外へ出て、仲間を待っていた。そのとき、隣の製茶屋の前に立つ老婦人の小さな買い物かごから、無防備で心細げに財布が覗いていた。

私は背筋に悪寒《おかん》のようなものをおぼえ、一瞬、電気に触れた感覚が走った。ジュン坊を見ると、財布を凝視したまま動かない。何やら獲物を見つけた猫が、全身に神経を集中させて、そっと接近のチャンスを待っているかのようだった。血が騒いでいたのか、それとも凍りついていたのか。だが、店から出てきた仲間が合流し、すぐにその葛藤状態は解除された。

皆どこでどうしているのか。幽明境の記憶にゆらめく者たちは、誰もが幽鬼じみている。ことによるとあの雄猫は、もはや幽明の境を異にする処にいるのかもしれない。

7　ネヴァ川からどこへ――井の頭池

ロシアのネヴァ川が、ドストエフスキー『罪と罰』を経由して、東京の神田川の流域に流れこんだ。ほんの二日間の出来事にすぎない。私にとってその特別な時間の記憶をどのように呼び戻したらいいだろうか。やや迂路《うろ》をとおることになるかもしれない。

東京の神田川。古名は平川といい、徳川家康の入府以前は、現在の皇居前広場あたりまで海水域の及んでいた日比谷入江に流れ込んでいた。対岸は、本郷台地の南端に突き出た江戸前島と呼ばれる半島だった。

一五九〇年（天正十八年）家康が江戸に入ると、本格的な日比谷入江の埋め立て工事が始まり、神田川の分流の日本橋川となる江戸前島を横切る流路が開削された。さらに現在の神田川とほぼ同じ流れとなる隅田川との合流が完成したのは、二代将軍・徳川秀忠の時代だった。一六二〇年（元和六年）に秀忠の命を受け、仙台の伊達藩が土木工事を担った。神田台地を切り崩し、御茶の水に人工の渓谷を開削することは、とりわけ難工事となった。平川は神田上水となり、取水場の設置、地形の高低差の条件に合わせて空中に水道管を通す懸樋《かけひ》や地中に埋める伏樋《ふせどい》などの整備により、江戸の飲料水供給の重要な役割を果たした。

ロシアのペテルブルグ（サンクト・ペテルブルグ）。江戸の都市建設が本格化したおよそ百年後の十八世紀初頭、ピョートル大帝がネヴァ川（ネワ川）河口の荒れ果てた軟弱な沼沢地に、埋め立て工事による新たな都市の建設を命じたことから、この都市の歴史は始まった。アンリ・トロワイヤの『大帝ピョートル』（中公文庫）によると、なにもない場所に巨大な都市を出現させるため、ロシア全土の石と石工を集めたという。ペテルブルグ以外の場所での石造りの建造物を禁じたとか、馬車も船も石材を積んでこないと町に近づけなかったとか、さまざまな逸話がある。フィンランド湾の奥の三角州に、ロシアの西欧化の窓として、「ヨーロッパよりもヨーロッパ的」であることをめざし、大帝の狂気にも似た執着と多くの犠牲の上に実現した「水の都」（ロシアのベニス）であるが、江戸と同じくたびたび火事や川の氾濫などの災害にみまわれた。そのため神の怒りにふれた異端の都市として、いずれ地上から消え去るという予言や噂も人々の間に広まっていた。しかし、実際には第二次世界大戦中のドイツ＝フィンランド軍の攻撃にも耐え、政治的変転にともなって何度か呼び名を変えながら、美しい町並みを保ち今日にいたっている。

十九世紀を中心にこの大都市を舞台にした多くの名作が書かれたが、ドストエフスキーの『罪と罰』は、都市誕生からおよそ百五十年後のペテルブルグに舞台を設定した物語だ。

ある小説の読書体験が、その人にとって忘れ難く特別なものになる条件は何であろう。それは熱心にひたすら夢中になって読むと同時に、その「熱」を逃がす程よい放心があった場合ではないか。ある作品が格別なものになるためには、熱心と放心が不即不離の関係になければいけない。しかし、より重要なのは放心のありかただと私は思う。簡単に言ってしまえば、それは読書の中断である。逆説めいて聞こえるかもしれないが、深い読書というものは、読書の中断があって、はじめて可能となるのだ。

一人称であれ、三人称であれ（まれに二人称もある）、ある人物の語りに寄り添って推移する私の感情の高まりや思考の広がりの中で、脳髄にたまった「熱」を放つように開いたページから顔を上げて、ふとまわりの情景に目をやる。しばらく放心の時間があって、視線は眼前の風景に流れながら、意識は心のうちに残っている作品を復読している。いわば放心において、もう一度読んでいる。これを含めて、読書経験と呼ぶのだ。

人によっては本をいったん閉じ、そわそわしたような、落ち着かない心の揺れや昂揚した気分を鎮めるため、散歩に出て、川べりの道で雲を見たり、公園のベンチに座ったり、駅前の喫茶店に出かけたりしたくなるかもしれない。わざと違った場所の中に身を置きたいほど、心が動いている。自分の目の前の風景が、いつもと異なる情感を放ち、作中の世界と響き合い、交感しているのだ。

あるいは、こういう例もあるだろう。電車の中で読んでいた小説のページからふと顔を上げる。一瞬、まわりの乗客たちが登場人物の感情を分かち持っているように見えて心がさわぐ。「この人たちも、もしかしたらひとりひとり物狂おしい気分をかかえて、心を闇に浸した運命を生きているのかもしれない……」となかば夢の残像を曳《ひ》くように、ぼんやりと作中の人物を投影し、乗客たちに何かしら慕わしい気分で歩み寄りたくなるのだ。

たわいないとも言える経験かもしれない。また頻繁にあるわけでもないだろう。しかし、放心の訪れこそ、読み手にとっても小説にとっても、幸福な出会いに他ならない。こうした読書の愉しみを初めて実感した、私にとってもっとも忘れ難い一作が、『罪と罰』なのであった。東京の街をまさしく〈さまよい〉ながら、移動する風景とともに読んだ。

高校生のとき、『カラマーゾフの兄弟』は米川正夫訳で読了できたのだが、たまたま『罪と罰』は岩波文庫の旧版の中村白葉の訳で読みはじめ、その古風な語調の翻訳文がうまく消化できずに途中であきらめたことがあった。しかし止めた理由は本当に訳文のせいだったのか、はっきり判らない。中村白葉の翻訳は、声に出して読めばすぐに気づくのだが、粘り着くような日本語の語り口はなかなか魅力的だと今では思う。その後、小林秀雄が、中央公論社「世界の文学」全集に入った池田健太郎の新訳を優れた日本語訳の達成と称賛したことをきっかけにふたたび読む気になった（ただし、池田健太郎の訳では、書き出しの「また借り」という重要な語を訳出していない）。いまは以下の引用もそうなのだが、もっぱら江川卓訳で読む。

二十歳の年、夏休みが終わって間もない九月の末のことである。私はビニール・カバーのかかった赤い表紙の池田訳『罪と罰』を持って家を出た。当時の住まいは東京杉並の高井戸都営団地で、井の頭線の中で読みはじめた。明大前から京王線、新宿から山手線に乗りかえ、池袋の大学に着いたものの読書は止まらない。それでも授業には出て、後の席で本を読み続けることにした。

いつもの曜日の時間割どおりに教室へ入り、最後列の隅に座り、『罪と罰』を開いた。ラスコーリニコフは母から、経済的窮状と妹の縁談をつづる長い手紙をもらう。私もまた貧乏な母子家庭で育ったので、身につまされると同時に、母親の深謀のありそうな丸出しの楽観性にラスコーリニコフならずとも不安を覚えた。

しばらくして顔を上げるとまわりの気配が何か違う。教壇では地学のI先生が講義をしている。私は教室を間違えていた。しかし、夢うつつの気分で、私ではなく先生のほうがうっかり違った教室で授業をしているのだと思った。そのような振る舞いをしそうな人だったが、もちろん間違えたのは私だ。抜け出すにも、出入口は前にしかない。私はそのまま『罪と罰』の読書に励んだ。

I先生は岩石の調査で世界中を歩きまわっている国際的に知られた地質学者であったが、学生たちにはユニークな素行で知られている人だった。研究室を訪ねてドアをノックした際、さる用足しの個室にいると勘違いしたのか、すかさず「入っています」と答えたとか。授業中、板書に夢中になりすぎて教壇から転落し、姿が見えなくなったが、すぐにサザエさんの父の波平によく似た頭がまた現われて、素知らぬ顔で板書を続けた話などもあった。私も風変わりな行ないを目撃したことがある。池袋の山手線のプラットホームで、瞑想の面持ちで列に並んでいたI先生は、ちり紙で鼻をかむとそれを丸めて前にいた女性の買物袋の中に放りこんでしまったのだ。その瞬間、現実から遊離したその挙動に、私はしみじみとした感動を覚えた。

I先生の授業に間違って出てしまったことは、このときの読書にふさわしかったような気がする。ドストエフスキーの小説は、現実から遊離どころか、はみ出し、逸脱した過剰な言動の人物にあふれているからだ。私はこの授業で配布された謄写版の黄ばんだプリントをどうしても捨てられず、ずっと本に挟んでおいた。先生がメキシコから持ち帰ったという石の変成相の構造と粒度の成因的解説で、「変成」、「構造」、「粒度」、「成因」とかいった言葉が、何やら批評用語めいた意味を帯びて、『罪と罰』の読解過程の作中に紛れ込んだ。

このプリントの存在が、意外にも大きな意味を持つことになった。なぜなら、それが記憶の起点となり、二日間の出来事を鮮明に辿ることができるからだ。もしもプリントがなかったら ば、記憶の拠り所がなく、具体性を欠いた茫漠たる思い出の塊しかなかったであろう。しかし、残念ながらプリントはおろか本そのものが、度重なる転居で久しく行方不明になっている。

休み時間になり、もはや授業などに出ている場合ではないと思い、図書館、食堂に場所を移して読み続けた。こういう場合、最高の居場所はチャペルなのである。静謐なチャペルの空気に包まれ、鞄を枕にして長椅子に寝っ転がりながら読書するほどの至福はない。

ある年の夏の初め、何の本を読んでいるときの出来事か記憶にないのだが、いつの間にかうたた寝をした。どれくらい時間がたってからか、眠りの奥でパイプオルガンが鳴り響き、神経細胞の隅々まで沁みいるようなバッハのコラール前奏曲の演奏が始まった。半醒半睡の意識の無防備状態だったせいか、しきりに涙が出て止まらない。演奏は途中で止まっては同じ旋律を繰り返す。後日、オルガンの練習に来ていたのは森有正で、曲は「おお人よ、汝の大いなる罪を嘆け」(BWV622)であることを知った。

その日も『罪と罰』を読み続けるため、チャペルに向かった。途中、中庭を横切っていつも私が授業を受けている本館一階の西端の教室の前に差しかかった。開けはなたれた窓から、就任して間もないH講師の姿が見え、フランス語購読の授業の最中だった。名高い映画論の講義が始まるのは、私の卒業した後のことだ。そのときのテキストはプルーストの初期散文。普段はサボることのない魅力的な授業だったが、この日は出る気はまったくない。

しかし、窓際の席からこちらを心配気に見ているクラスメートがいた。読書会を呼びかけると、必ず顔を出す人で、几帳面に整理された講義ノートをたびたび借りた。その女子学生のS

さんは、大学院に進んだのだが、妻子のいるO助教授と恋愛関係となり、結婚問題がもつれ殺害された。事件が発覚する前に、助教授は伊豆の石廊崎から海に飛び込み、妻と幼い娘たちも道連れに一家心中を遂げた。「立教大学H助教授教え子殺人事件」として連日報道された出来事だ。

当初は失踪事件として捜査が進み、私は入学時からの友人として家族にも相談を受け、遺体がなかなか発見できない状況のなかで警察に事情を聞かれ、マスコミにもたびたび質問を浴び、いわば渦中にいた一人だが、当時も今も一貫して、「この事件、語りえることはない」（一一一頁）のだ。

それでもいつまでも脳裏に刻まれた情景がある。事件の半年ほど前、Sさんから0先生のことで相談があると連絡が来て会ったときの憔悴した顔と細い声、ほぼ同じ時期にキャンパスで遭遇した、広い額にうっすら汗を浮かべたO助教授のうつろな表情だ。この若いアメリカ文学者は、何事にも気おくれするタイプの人で、吃音者に特有のせっかちな喋り方は、いつもと変わらなかった。

私は授業に出ずに読みさしの『罪と罰』をかかえ、気分を昂《たか》ぶらせたまま、それこそ〈放心〉のうちに雑司が谷霊園まで歩いた。門を入ってすぐ左手に、墓のほうを向いて赤いポストがある。後で知ったことだが、ここに投函された手紙は冥界まで届くと言う人もいるらしい。中央の道を右に折れ、永井荷風の墓の前を抜け、小泉八雲の墓所の近くの木陰で読んだ。ラスコーリニコフは老婆を殺し、まさしく「墓」（棺）のような「小部屋」に逃げ帰り、恐怖に悪寒をおぼえながら壁紙の陰の穴に盗んできた品物を詰め込む。今となっては、思い出すことはできないが、私の身を掠め過ぎていくひんやりした風が、開いていたページを震わせ、泉下の人の声ならぬ声を運んできていたに違いない。

さらに鬼子母神に回って、創業が寛政の改革の時代にさかのぼる「上川口屋」という駄菓子屋に寄り、大公孫樹《おおいちょう》の近くのベンチ、目白駅近くの喫茶店、電車の中で読み続けた。

京王線から井の頭線に乗り換えて座席に腰を下ろし、本を開くとき、ふいに目の前のいまこの瞬間の風景をしっかり心に刻んでおこうと思った。なぜ意図してそんなことを考えるのか判らないのだが、私の子どものときからの性癖で、たとえば多摩川に泳ぎにいったとき、ある瞬間、たまたま目に入った河原の一個の石ころをしっかり目に焼き付けておこうとしたこともある。気分が忘我の状態になりかかっているとき、一瞬生じた意識の隙間から、眼前に映った光景を引き寄せて現実に戻ろうとしたのかもしれない。

では、そのときの車内は？　さすがに記憶の細かい輪郭は崩れているが、おおよそ復元すればこうなるだろう。

電車の正面の座席では、ジーンズの足を伸ばした長髪の若い男が、私と同じように読みかけの本を膝に置き、急にまがまがしい気分に衝き動かされたのか、険しい眼差しで宙を凝視している。隣ではネクタイをゆるめ、上着を抱きかかえた中年の男の居眠りが続く。ドアの脇には、重そうなショルダーバッグを下げ、手すりに身体をあずけて、外の景色を見つめる若い女性の横顔があって、ときどき溜め息をもらすかのようにすこし傾《かし》ぐ。ラスコーリニコフやソーニャやマルメラードフが、前に座っている人たちの映像にかぶさっていく。

江戸川乱歩は、浅草の雑踏の中を歩き、「もしかしたら今人殺しをして来たばかりのラスコーリニコフが何食わぬ顔をして歩いていないとも限らぬ、ということを考えてみて、不思議な興味を感じることがある」と述べている（「群衆の中のロビンソン」）。私もこういう感じ方に近かったとは言えるが、むしろもっと言い知れぬ感情が縺《もつ》れ合っていたように思う。

家に帰ってからは夕食をトレイに載せて机に運び、本に目をやりながら食べた。翌日も同じで、学校にまでは行ったが授業に出ず、もっぱら図書館、食堂、所属していた英米文学研究会の部室で読んだ。

帰路は前日のルートを変え、新宿から中央線で荻窪に行き、当時は踏み切りの近くにあった「ミニヨン」という小さなクラシック音楽喫茶に入った。今ならば、太田黒公園まで少し足を延ばし、池に注ぐ細流の音を聞きながら読んだかもしれない。「ミニヨン」はたくさんの曲を覚えたなつかしい店で、テバルディのオペラ・アリア集をきまってリクエストする老婦人や、ブラームスの交響曲がかかると椅子がきしるのもかまわず指揮をはじめる学生風の男とたびたび一緒になった。しかしそのときは私一人で、席についたものの音楽はまったく聞く気になれない。読むのを中断し、テーブルに置かれたコーヒーカップを未知の不思議な物かのように眺める。私は不穏な空気に身をひたしているような、もの狂おしい気分を引きずっていた。

ラスコーリニコフの美しく聡明な妹ドーニャは、元家庭教師先の主人スヴィドリガイロフに愛を迫られる。

「あなたの一言で、お兄さんは救われるのです」

とラスコーリニコフの秘密を知ったスヴィドリガイロフは取り引きを持ちかける。妻殺しのこの悪党も、愛する女には、哀願の声もうわごとのような調子になる。

「私はとてもあなたを愛している、どうか服の裾に接吻だけさせてほしい、その衣ずれの音が耐えられない、お願いだ、お願いだ、あなたの言うことなら、何でもする、不可能なことでもやる、あなたが信ずるものを私も信ずる」と。

恐怖を感じたドーニャはドアに駆け寄る。

「開けてください」

「そっちは誰もいませんよ」

スヴィドリガイロフにあざけるような笑いが浮かぶ。

この男が不動の決意をかためたことは疑いなかった。すると突然、ドーニャはポケットから拳銃を取り出す。

「おや、私の拳銃だ」

「ちがう、あんたが殺した奥さんのものよ、一歩でも動いたら、本当に撃つわよ」

「かわいらしい野獣さん、さあ、お撃ちなさい」

彼女は唇を震わせ、心をきめ、火のように輝く黒い大きな目で狙《ねら》いをつける。これほど美しいドーニャを見るのは初めてだとスヴィドリガイロフは思う。その目にきらりと光った火花に身を焼かれるような思いがする。

一歩踏み出したとたん、銃声が轟き、弾は髪をかすって壁にあたる。

「さあ、もう一度お撃ちなさい」

「私を帰して！」

スヴィドリガイロフの目は輝き、前に進む。ふたたび、銃声。しかしまたもや不発。彼は二歩前のところに立っている。

「もう一つ雷管があるでしょう、おやりなさい」

ドーニャを諦めるくらいなら、死を選ぶつもりなのだ。彼女はふいに拳銃を捨てる。その瞬間、スヴィドリガイロフは言い知れぬ痛ましい陰鬱な感情から解放される。

彼はドーニャに近づき腰に手を回す。彼女は全身が木の葉のように震えている。

「ね、私を帰して！」と祈るような声。

スヴィドリガイロフは、おだやかに言う、「じゃ、愛してないんだね」

ドーニャは愛していないという意味をこめて首を振る。

「愛せないか？　いつまでも？」

彼は絶望をこめてささやく。

「いつまでも」と彼女もささやく。

スヴィドリガイロフの心のなかで無言の闘いがある。彼は後ろを向き、窓の前に立ち、鍵をポケットから取り出し、背後のテーブルの上に置く。

「鍵をお取りなさい。早く出ていってください。早く、早く」

ドーニャは走り去り、彼の顔は奇妙な薄笑いでゆがんでいる。そしてちょっと考えてから床に投げ捨ててあった拳銃をポケットに入れて外に出た。

不可能な愛を強引にこじあけようとして、さらに前に立ちはだかる揺るぎない不可能に直面する。

私は音楽喫茶の隅の堅い椅子に座り、コーヒーカップを凝視しながら、この場面を思い浮かべ胸を騒がせる。どのような音楽が流れていようと耳に入らない。

その晩、スヴィドリガイロフはつぎつぎと酒場をめぐり、誰かれなく酒をふるまう。喧嘩をしている客の仲裁までする。彼自身は一滴も酒を飲んでいない。大雨の中をずぶ濡れになりながら、部屋にたどりつき、有り金をすべて取り出す。それからソーニャを訪ね、「どうかこのお金、とっておいてください」と申し出る。発作的な善意なのか、思慮があっての行為なのか。

深夜、彼はふたたび雨のなかを歩き、婚約者が両親と一緒に住む家に寄り、証券類と現金の贈り物をして立ち去る。その夜、旅館の狭くネズミ臭い部屋に泊まるが、なかなか寝つけない。

彼の目の前に、さっきのドーニャの姿が浮かびあがってきて、戦慄が身体を走る。私もまた思い返し、戦慄を覚える。この悪党の頭の中に幻覚やきれぎれの考えがつぎつぎと現われては消えていく。

翌朝、乳のように濃い霧がたれこめている街をスヴィドリガイロフは歩いている。左手に高い望楼が見えてきた。「ここでいい」と彼は思う。それから、自らに決着をつける……。

私はラスコーリニコフよりも、このスヴィドリガイロフに魅了された。この自分の過剰な欲望に翻弄され、狡猾《こうかつ》で虚偽に満ち、図々しく破壊的で、それでいて死んだ妻の亡霊にも怯える繊弱な神経の男になぜ強く心惹かれたのか。なぜスヴィドリガイロフなのか。以後、私がドストエフスキーの作品を読む大きなモチーフになった。

ただひたすらに歩きたい。どこから突き上げてくる衝動かわからないのだが、私は歩くという行為に取りつかれた。深い煩悶をいだいてペテルブルグの街をさまよい歩くラスコーリニコフが乗り移ったというよりも、スヴィドリガイロフに感情移入するあまり、身中の溜まってしまった体熱を風に吹かれて冷ましたいと思ったのだ。その日、はたしてどのような風が吹いていたのか。

私は井の頭線高井戸駅を下車してから、自宅には向かわず、線路沿いを酔いのまわった男に似た足取りで富士見ヶ丘駅に向かって進んだ。右手の踏切の先に、かつて鍛治屋敷のあった傾斜地に低層のマンションが、欅の大木に囲まれ並んでいた。プードルを連れた中年の女性の視線を気にしながら、私は敷地を突っ切り、坂を下りて神田川の高砂橋まで来て一休みした。瞬時、ネヴァ川のK橋に立っているような鬱屈した気分が身中に膨らんだ。しかしここは神田川、水面に柳の葉陰が揺れ、雨上がりでもないのに、流れは早かった。

この後、私は川沿いの歩道を歩き続けた。途中、久我山中央緑地近くの流れに滝のような落差があり、水音に耳を澄ませたこと、三鷹台で行き止まりの道を迂回して、丸山橋を渡ったこと以外、神田川取水口の水門橋へどのように辿《たど》り着いたか覚えていない。確かな足取りとは言い難いが、とにかく歩いたという体感だけが残った。

『罪と罰』のエピローグまで読み終えたのは、井の頭池をのぞむベンチだった。野口雨情の歌碑がある場所だ。緑の葉を茂らせた桜の枝が池に伸びている。午後の遅い時間、黄昏の光が淡く湖面に広がり始めていた。ラスコーリニコフがネヴァ川の橋から見つめた夕陽の光景が私の心の中に照り返した。

物語の最後はシベリアの獄舎、ラスコーリニコフは刑期が終わるのを待つソーニャと二人、朝の冷気の中を並んで腰を下ろし、荒涼とした広い川面を見つめている。「ここにはすでに新しい物語がはじまっている」とドストエフスキーは最後に記す。

それからどれくらい続けた習慣だろうか、私は気構えの必要な作品に挑むとき、井の頭池を前にした同じベンチで読書を開始した。終わりの場所が、始まりの場所になり、私にとって井の頭の池畔《ちはん》のベンチは、さまざまな小説の世界の入口になったのだ。

冬枯れの始まる季節のある午後、私は久しぶりに井の頭池に向かった。小道の椽《くぬぎ》も湖畔の桜も葉を落とし、薄日が透けている。ベンチから見あげたとたん、カラスが梢を揺らし、剥き出しの鋭い鳴き声を水面に落としながら、黒い影となって池を渡っていった。

春先には掻《か》い掘《ぼ》りの行なわれた年で、水を抜いた池から、おびただしい数の投棄自転車が見つかった。天日干しをしたせいか、いくぶん底澄みは進んでいるように感じられ、穏やかな流れが落ち葉を運んでいた。

この日、携えていた本はフリオ・コルタサルの短編集『悪魔の涎・追い求める男』だった。吉祥寺の古書店で購入したばかりの文庫本だが、いつも私の手元から逃げ去る運命にある小説で、単行本から数えて四冊目だった。人に貸したり、コンビニのコピー機に置き忘れたり、乱雑に書棚に押しこめたりしているうちに、行方不明になったのだった。

暮れ方にはまだ時間があり、私は冒頭の「続いている公園」を読み始めたが、すぐに気がそれた。背後の藪を抜けてくる風のざわめきと、賑やかな話し声とが一つになって近づいてくる。

振り向いてはいけないと、私は身を固くした。聞き覚えのある、なつかしい人々の声の気配を感じたからだ。

〈付記〉

本書の各作品は、以下の媒体に発表した各編を大幅に修訂、加筆、再編したものです。いずれも、〈わたくしごと〉と神田川にまつわる記憶を追う「遡行譚」として書き進めてきました。各誌、各出版社に心から謝意を表します。

『同時代』、「黒の会手帖」（以上、黒の会）、『文學界』（文藝春秋）、『田舎暮らしの本』（宝島社）、「大東文化」（大東文化大学）、『生の深みを覗く』（岩波書店）、『書き出しは誘惑する』（岩波書店）、『風の消息、それぞれの』（作品社）、『風の湧くところ』（風濤社）、中村邦生公式ホームページなど。

著者について——

中村邦生（なかむらくにお）　一九四六年、東京都に生まれる。小説家。大東文化大学名誉教授。「冗談関係のメモリアル」で第七十七回『文學界』（文藝春秋）新人賞受賞。第百十二回、第百十四回芥川賞候補。主な小説には、『月の川を渡る』（作品社、二〇〇四年）、『チェーホフの夜』（二〇〇九年）、『転落譚』（二〇一一年、いずれも水声社）、『芥川賞候補傑作選・平成編2』（共著、春陽堂、二〇二一年。「森への招待」を所収）など。主な評論には、『未完の小島信夫』（共著、水声社、二〇〇九年）、『書き出しは誘惑する——小説の楽しみ』（岩波書店、二〇一四年）など。アンソロジーの編著には、『生の深みを覗く』（二〇一〇年）、『この愛のゆくえ』（二〇一一年、いずれも岩波文庫）などがある。

幽明譚

二〇二二年七月一日第一版第一刷印刷　二〇二二年七月一五日第一版第一刷発行

著者――中村邦生
装幀者――宗利淳一
発行者――鈴木宏
発行所――株式会社水声社
東京都文京区小石川二―七―五　郵便番号一一二―〇〇〇二
電話〇三―三八一八―六〇四〇　FAX〇三―三八一八―二四三七
［編集部］横浜市港北区新吉田東一―七七―一七　郵便番号二二三―〇〇五八
電話〇四五―七一七―五三五六　FAX〇四五―七一七―五三五七
郵便振替〇〇一八〇―四―六五四一〇〇
URL: http://www.suiseisha.net

印刷・製本――ディグ

ISBN978-4-8010-0641-6

贈与としての美術　白川昌生　二五〇〇円

美術、市場、地域通貨をめぐって　白川昌生　二八〇〇円

戦後文学の旗手 中村真一郎　鈴木貞美　二五〇〇円

シュルレアリスム美術を語るために　鈴木雅雄・林道郎　二八〇〇円

サイボーグ・エシックス　高橋透　二〇〇〇円

(不)可視の監獄　多木陽介　四〇〇〇円

マンハッタン極私的案内　武隈喜一　三二〇〇円

黒いロシア白いロシア　武隈喜一　三五〇〇円

魔術的リアリズム　寺尾隆吉　二五〇〇円

桜三月散歩道　長谷邦夫　三五〇〇円

マンガ編集者狂笑録　長谷邦夫　二八〇〇円

マンガ家夢十夜　長谷邦夫　二五〇〇円

未完の小島信夫　中村邦生・千石英世　二五〇〇円

ブラック・ノート抄　中村邦生　二五〇〇円

幽明譚　中村邦生　二八〇〇円

転落譚　中村邦生　二八〇〇円

オルフェウス的主題　野村喜和夫　二八〇〇円

パラタクシス詩学　野村喜和夫+杉中昌樹　三〇〇〇円

越境する小説文体　橋本陽介　三五〇〇円

ナラトロジー入門　橋本陽介　二八〇〇円

カズオ・イシグロ　平井杏子　二五〇〇円

カズオ・イシグロの世界　平井杏子+小池昌代+阿部公彦+中川僚子+遠藤不比人他　二〇〇〇円

カズオ・イシグロ『わたしを離さないで』を読む　田尻芳樹+三村尚央=編　三〇〇〇円

カズオ・イシグロと日本　田尻芳樹+秦邦生=編　三〇〇〇円

「日本」の起源　福田拓也　二五〇〇円

〈もの派〉の起源　本阿弥清　三二〇〇円

絵画との契約　山田正亮再考　松浦寿夫+林道郎他　二五〇〇円

現代女性作家の方法　松本和也　二八〇〇円

現代女性作家論　松本和也　二八〇〇円

川上弘美を読む　松本和也　二八〇〇円

太宰治『人間失格』を読み直す　松本和也　二五〇〇円

ジョイスとめぐるオペラ劇場　宮田恭子　四〇〇〇円

福永武彦の詩学　山田兼士　二五〇〇円

魂のたそがれ　湯沢英彦　三二〇〇円

金井美恵子の想像的世界　芳川泰久　二八〇〇円

歓待　芳川泰久　二二〇〇円

宮川淳とともに　吉田喜重+小林康夫+西澤栄美子　一五〇〇円

［価格税別］